JK

松岡圭祐

輕文學
Light Literature

目次

JK …… 5
解說　村上貴史 …… 254

窮鼠吸取教訓，以逆境為師。

——尤沃金・卡蘭布（Joachim Karembeu，1922～2004）

1

川崎市立懸野高中的下課時間，一年C班的窗邊座位，植村和真正看著外面。

從校舍二樓俯視的操場，傾灑著一片和煦的春季陽光。參加社團活動和直接回家的學生數目約莫各半，其中也有一些學生不屬於任何一邊，就只是在校園裡嬉鬧。

這些學生當中，一群制服女生裡面，有個令人目不轉睛的存在。

那就是一年B班的有坂紗奈。她有著精巧的臉蛋，留著長度及肩的隨性鮑伯頭，手腳修長，一雙眼睛又大又圓，印象中總是笑臉迎人。雖然多半都在戶外看到她，她卻維持著一身耀眼的白皙膚色。也許是防曬擦得很勤。

紗奈個性活潑，朋友很多，但真正要好的，似乎只有幾個女生。儘管她是個陽光女孩，跟任何人都能一視同仁地交談，但其實應該很孤獨。

植村是在不久前知道有坂紗奈這個名字的。一樣是在下課時間。

當時植村在走廊被一群不良學生找碴。他打開走廊置物櫃，正準備拿出運動服，突然就被找麻煩了。理由是他擋到路了。

雖然名為不良學生，但在這一帶已經被視為黑道預備軍、小混混之流。也有不少男學生因為犯下傷害案，遭到停學或退學處分。有些人制服底下藏了刺青，但教師視而不見。不良學生從二年級左右就會加入飆車族，將來不是成為黑道，就是坐牢，就算步上正軌，也是做工或跑去當饒舌歌手，而且永遠被綁在這塊土地。

找碴的不良學生裡面也有高年級生，植村不敢違抗，只能呆站在原地。對方冷不防揪住他的衣襟，他忍不住嚇得全身瑟縮。

可是就在這時，紗奈以宛如同班同學的親暱口吻，若無其事地對他出聲：「一C下一堂不是在體育館嗎？龜井老師說墊子還沒準備好，學生怎麼也還沒到齊。」

聽起來像是在催促，但植村發現紗奈是在替他解圍。龜井是體育老師，但也負責生活指導，光是搬出他的名號，就讓不良學生們遲疑了一下。

揪住衣襟的手放鬆，植村逃過了一劫。他和紗奈對望，匆匆離開現場。

不良學生們一臉錯愕地目送他。他們應該也不是真心害怕龜井，只是紗奈太自然地向植村說話，他們不知不覺間放手了。

植村跑下樓梯，紗奈配合他的步調跟上來。

要道謝，只有現在這個機會了。植村低聲說：「謝謝妳。」

紗奈微笑：「你是植村同學對吧？貼在職員室走廊的水彩畫超美的。」

是加入美術社時的作業，植村畫了多摩川河岸的風景。他吃了一驚：「謝謝……」

「樹木用的是灰階上色法對吧？要先畫陰影……」

「妳也畫圖嗎？呃，妳是……」

「我是一B的有坂。」紗奈自我介紹。「畫圖只摸過一點，沒你畫得那麼好。」

「哪裡……」

走到階梯底下了。紗奈笑著轉過來：「那，體育課加油。」

「好……」植村只能含糊回應。他目送經過一樓走廊離去的紗奈背影好半晌。

後來他查了一B的名簿，得知她的全名叫有坂紗奈。

外表確實很可愛，但也稱不上學年第一美女。不過她散發出一股奇妙的魅力，只要她在附近，就絕對無法不去意識到她。紗奈的明朗之中滲透著溫柔，對任何人態度都很溫和。她的遣詞用句、舉手投足、柔和的表情，所有的一切都扣人心弦。

紗奈同時參加管樂社和舞蹈同好會。音樂室旁邊有個小房間，是管樂社的準備室，一年級的紗奈經常待在那裡擦拭社員的樂器。她自己是吹長笛的，也經常看到她一個人留在社團辦公室練習的樣子。文靜地微側著頭，嘴唇輕抵長笛吹口，緩慢而慎重的運指動作及優雅的笛聲深深吸引了他。

管樂社的練習一結束，紗奈便會在放學後換上運動服前往體育館。她是K-POP舞蹈的六人同好會之一。六人裡面，紗奈的外貌出類拔萃，體型也宛如舞者，清瘦精實。每個動作都俐落帥氣。

紗奈成績也很好。剛進學校的時候舉行過一次學力測驗，成績張貼出來，她是全學年第四名。似乎每一科都很擅長，相當平均。

紗奈有沒有男友這件事，總是讓植村牽腸掛肚。他不曾看過疑似紗奈男友的人，在校內也幾乎沒看過紗奈和男生交談。如果紗奈有男友，應該是校外的人，但植村想要相信她沒有男友。

儘管就算這麼相信也不能如何，但是對植村來說，這個問題關係到他每一天的活力。現在植村也一直盯著紗奈在操場和其他女生歡笑的模樣。

這時突然有人勾住了他的脖子。粗魯的男聲在耳邊細語：「喂，植村，你在看什麼？」

植村嚇了一跳。兩名西裝制服穿得邋里邋遢、領帶鬆垮的不良學生正伸頭看著他。勾住植村脖子的是金髮平頭男，另一個髮型很普通，但眉毛剔光。

是以前在走廊找碴的不良學生的其中兩個。當時植村不知道他們的來頭，但現在已經知道他們是誰了。金髮平頭男是一A的井戶根蓮，沒有眉毛的是植村的同班同學，一C的尾苗周市。

「欸，」井戶根說。「英語會話I，你有筆記吧？」

「……有。」

「借我。」

今天一C有英語會話I的課。當然，尾苗不可能做筆記。

植村怯怯地辯解：「很快就要小考了，在家復習的時候如果沒有筆記的話……」

井戶根用力勒住他的脖子：「所以我才需要筆記啊。甭擔心，拿去影印就還你。」

雖然力道不致於無法呼吸，但植村仍陷入難以抵抗的恐懼。之前有一次他把資訊I的筆記借給井戶根，結果井戶根遲遲沒有歸還。他不知如何是好，向班導永保求救，老師打電話給井戶根的父母。到了隔週，筆記終於回到他的手上了。不是井戶根直接還給他，而是永保老師拿給他的。

永保是個年紀三十五上下的男老師，有些息事寧人主義。他明知道不良學生總是惹出問題，卻也不會積極勸阻。他就跟其他懦弱的大人一樣，只想把壞學生的行為歸咎於這塊土地令人莫可奈何的風氣。

川崎區南町，這裡是戰後政府公認的赤線地帶（註1），現在通學路上依然到處都是泡泡浴店家。掛出一次十圓的招牌、角子機台和電玩遊戲機一字排開的店家，據說入夜以後就成了地下賭場。從賽馬場或競輪場賭博回來、不像善類的大人們，大白天就手上抓著酒瓶在路上閒晃。

黑幫到現在依然與這塊土地密不可分。可能是因為當地風氣封閉，不良少年勢力與當地黑幫結合在一起，因此公立高中的不良分子之暴戾，也非同一般。來自黑道家庭的人也不少，教師們自然是避之唯恐不及。

當然，南町周邊也漸漸出現許多一般良民居住的新興住宅區。新遷入的區民雖然對這片敗壞的景象蹙眉，卻也不覺得有什麼切身的危險。植村家也是如此，父親在東京都上班，母親也在武藏小杉上班。同樣是川崎市內，武藏小杉所在的北部，治安就沒這一帶這麼糟糕。

要上學的學生，則被丟進與大人們不同的環境。與毫無危機意識的父母不同，植村感覺到校園的殘酷。井戶根和尾苗都是更凶暴的高年級集團的手下，要是反抗他們，絕對是吃不完兜著走。

植村被勒著脖子，連忙翻找書包，取出筆記本。

井戶根一把搶過筆記本，捲成筒狀，水平搧了植村的腦袋一記。「叫你拿就快點拿，浪費我時間。」

尾苗也嗤笑道：「就跟你說，這小子最近愈來愈皮了。」

「筆記我借走囉。」井戶根踱著步子離開。「我想還的時候自然會還，別像上次那樣打小報告啊，懂了嗎？」

井戶根不等回應，逐漸遠離。尾苗也跟著走了。

註1：日本於昭和二十一年（1946）廢除公娼制度時，警方在地圖上以紅線標出原本的風化區，稱為「赤線地帶」，依然容忍此區域的特種營業活動，一直持續到昭和三十二年（1957）《賣春防止法》施行。

教室裡有幾名男女學生。植村張望了一下，眾人全都倉皇別開目光。敞開的拉門外，班導永保站在走廊上，一臉齷齪笑容，正在跟女生聊天。井戶根和尾苗從永保旁邊經過，永保什麼也沒說。沒多久，跟女生們聊完後，永保老師瞥了植村一眼，隨即轉身快步離去。

班導的臉上寫得一清二楚，他並不是沒發現不良學生幹了什麼好事。若是植村臉上掛著鼻血，永保應該也沒辦法坐視不見，但既然植村好端端的沒事，自己也沒必要橫生風波。永保似乎是抱定這樣的心態。

老樣子了。真讓人不想來上學。憑學生自己的力量，根本無力扭轉。必須忍氣吞聲三年。只能討好不良學生，勉強熬過每一天，努力撐到畢業。

音量調到最小的鈴聲嚴肅地響起。植村把目光移回窗外。有坂紗奈回到校舍裡來了。她不會抬頭看這裡，只是一邊走，一邊笑著和朋友說話。

兩人的距離不會拉近也無所謂。只要紗奈在學校，就能為植村帶來安寧。地獄的三年還很漫長。她的存在，是植村唯一的心靈支柱。

2

有坂紗奈換上運動服，前往體育館。除了星期四以外，放學後都有舞蹈同好會的練習。今天要去管樂社，也是發分譜的日子，所以她來晚了。

紗奈一走進體育館，立刻招呼：「久等了！」

第一個回頭的，是個子有些高大的女學生，一D的中澤陽葵。陽葵把那張圓臉鼓得更圓，抗議說：「吼，紗奈，有夠慢的！」

平常的話，體育館這時候都有籃球隊練習，熱鬧滾滾，但今天很安靜。除了舞蹈同好會以外，似乎沒有其他人使用體育館。

「抱歉。」紗奈跑到朋友們身邊。「練到哪裡了？」

同年級的紬、芽依、結菜還有穗乃香都笑著迎接她。她看出是在練擺好隊形剛開始不久的部分。

紗奈困惑地問：「我的位置是……」

「那邊。」紬伸手指道。「中間。C位。」

「真假？」紗奈嚇了一跳。「我想要在後面。」

芽依搖頭：「不行，妳要負責最難的動作，我們做不來。」

最晚來參加練習，卻被分派最困難的位置，但紗奈不感到排斥。就是因為舞蹈動作遇到困難，大家才會希望她來帶領。

她在熱身時試了一下C-Walk舞步，五人都驚嘆連連，反而讓紗奈嚇到了。

穗乃香語帶嘆息地說：「妳又跳得更好了。到底要怎麼樣，才能進步得那麼神速？要用什麼心態來跳才好？」

紗奈苦笑：「窮鼠齧貓，逼一下自己或許會有幫助……我總是奉行所謂的JK法則。」

「JK？」陽葵問。「女高中生（註2）？」

「不是啦，是尤沃金・卡蘭布法則。」

「尤沃金……誰？」

「卡蘭布。他曾經一個人在全是狼和會吃人的熊的山裡遇難。生還之後，他變得能夠獨力做到一切。他變得強壯，腦袋也變得更靈光，也具備了求生的智慧。」

「他應該本來就很強吧？要不然早就被熊吃掉了。」

「卡蘭布說，不管遇到任何狀況，人意外地天生就能夠適應。」

穗乃香一臉懷疑：「真的嗎？」

「沒錯。」紗奈點點頭。「不管是尋找食物、確保睡覺的地方，還是面對威脅，如果全部都當成破關遊戲，每天的生活本身就是一種鍛鍊……只要被逼急了，好像就可以靠自學成長喔。」

「那妳都怎麼逼自己？」

「沒有完成練習進度，就沒飯吃之類的……」

五人笑著噓她。紬吐槽說：「太寬鬆了吧？這根本不到那個什麼JK先生的等級吧？」

「會嗎？」紗奈也忍俊不禁。「吃不到起司塔，對我是滿重大的煩惱耶。可是少了對自己的犒賞，也可以順便減肥，這樣好像也不錯。」

結菜一臉傻眼：「太正向思考了吧……」

「這就是JK法則。」紗奈站到正中央。「先來跳開頭的幾小節吧！」

陽葵開心地點點頭。「拜託了，紗奈。」

註2：女高中生（日文：女子高生，Joshi kōsei）日文中也簡稱為JK，故一般聽到JK，第一個都會想到指女高中生。

紗奈也點點頭，兩腳打開與肩同寬，做出預備姿勢。

然而就在這時，男學生下流的聲音響徹館內：「喂，你們看，她們是在跳K-POP嗎？」

其他男生附和：「一群醜八怪還真敢。那不是K-POP，是豬跳舞吧？」

放肆的大笑在館內迴響。陽葵和紬等朋友頓時萎縮，低頭往下看。

敞開的門外站著三名不良學生。都是二年級。一頭褐色蓬髮的馬臉男生是菅浦秦彌，大平頭胖男生是榎垣迅，頭髮兩側推高、戴眼鏡的是鷹城宙翔。

三人都斜眼歪嘴，等著看女生們跳舞。陽葵她們沒有任何人抗議——或許應該說無法抗議。她們似乎認為，面對高年級的男生，而且還是不良學生，只有默默隱忍一途。不管是不理他們，還是乾脆不練了，都有可能惹三人生氣，因此她們進退維谷。

在這所學校，經常會遇到這種狀況。總之不良集團掌握了絕對的權力。老大是三年級生。都這種年代了，遇上這種狀況，不良學生理當會引發眾人反感，然而似乎也並非如此。

一些油滑的學生藉由討好不良學生，來避免他們把矛頭轉向自己。因為有許多這種善於逢迎的學生，導致軟弱內向的學生成為目標。紗奈就多次看到陽葵和紬在上下學途中被不良學生罵醜八怪。穗乃香也曾哭訴放在教室的書包被亂翻，錢包被偷走，生理用品也被丟在地上。結菜則說她在女廁隔間被人把手機伸進來偷拍。這所學校的不良學生全是一群低能兒，而且肆無忌憚。

對於從都內搬過來的紗奈來說，不敢反抗不良學生的風氣本身，讓她覺得沒天理到了極點。為何必須害怕粗暴的學生，在他們面前萎縮？

紗奈大步走向門口，逼近三名不良學生。

馬臉的菅浦凶道：「怎樣？有意見嗎？」

「手讓開。」紗奈細語道。

「啊？」榎垣露出奇妙的表情，但似乎甚至猜不到紗奈打算做什麼。可能是認定對方絕不可能反抗，或只是太遲鈍，他照著紗奈說的，放開搭在門上的手。

紗奈立刻把門拉上，整個關了起來。

五名舞蹈同好會成員表情都僵了。陽葵怯怯地說：「紗奈，妳這樣做……」

「沒關係。」紗奈轉向五人說。

關上的門沒有鎖上。不良學生們似乎在外面踹門，發出刺耳的聲響。五人又嚇得全身一震。

只有紗奈一個人氣定神閒。若是露出畏懼的樣子或是退縮，只會讓不良學生的氣焰更加囂張。只要展現出堅定拒絕的態度就行了。

門在背後滑開了。紗奈沒有回頭。因為她有自信，不是那群不良學生。

五名舞蹈同好會成員的表情都因為放心而舒緩下來了。開門的是羽球社的人。館內一下子熱鬧起來。不良學生們老早就不見了。

紗奈得意揚揚地折回五人身邊。只是這點行動，似乎就帶來了驚人的成果。五人手牽手開心不已，笑容中甚至微微泛起了淚水。

陽葵喜色滿滿：「紗奈太厲害了！」

朋友們的反應再次讓紗奈感到意外。原來她們竟變得如此膽怯了？只能說是這個地區代代流傳的可惡風氣使然。

即使是一點一滴，只要慢慢改變意識就行了。這年頭還活在對不良學生或黑道的恐懼中，真的太離譜了。積極思考就行了。有威脅，才能鍛鍊出不服輸的膽識。這或許也能說是尤沃金・卡蘭布法則。

「好了，來練習吧！」紗奈笑著催促。「副歌前的動作，得練到變成反射動作才行。」

3

紗奈就讀的川崎市立懸野高中並不禁止打工，只需要事先向校方報備。向班導提出後，填寫申請書繳交即可。

管樂社和舞蹈同好會都沒有練習的星期四放學後，紗奈會去看護機構打工。她沒有證照，因此工作內容是協助照護員。首先是打掃，以及清洗住戶的衣物，接著幫忙廚房炊事。在廚房，她拿著研磨鉢，將食物搗成泥狀。因為有許多住戶的咀嚼功能都退化了。

換上照護服後，前往各個房間照顧住戶。當然，紗奈只是照護員的助手，但她喜歡和老人家聊天，職員和住戶也都很歡迎紗奈。

紗奈總是面帶笑容，咬字清晰地說話。許多住戶躺在床上無法起身，或是坐輪椅，紗奈都不忘蹲低身體，和住戶平視說話。即使老人家又說起已經說過的內容，她也總是耐性十足地聆聽。紗奈拜訪的房間，總是充滿了詳和的氣氛。

照護員都說，紗奈開始來打工以後，機構裡的氣氛明顯變得明亮許多。住戶們似乎都迫不及待星期四的到來。就連失智的老人家，似乎也都記得紗奈。

即使是被照護員視為燙手山芋的頑固老人家，在紗奈面前也都變得乖巧聽話。就算一開始態度冷漠，紗奈也從不氣餒。很快地，雙方打成一片，建立起親密的關係。現在老人家都會開心地向紗奈報告一週來發生的大小事。一名照護員笑著說：好像每個人都愛上有坂同學了。

紗奈還有另一份工作，是超商打工，不過工時不長。在這裡，紗奈也會積極向有困難的客人攀談，俐落地解決問題。一方面也是因為在照護機關打工，讓她熟悉溝通，不管面對任何大人，她都能自在愉快地交談。紗奈總是笑容滿面，就算是只買一包菸的客人提出的要求，她也會認真處理。很快地，她也和常客熟絡起來，店長總是說：妳值班的時段業績特別好，可以多增加一點時數嗎？

雖然紗奈發現有愈來愈多客人是為了她而來，但並不感到嫌惡。紗奈感覺，不管是什麼樣的人，在本質上都有一顆美麗的心。她總是深切地體會到，與大人相處的過程中，都能讓她找到可以尊敬與學習的地方。

晚上十點多，紗奈踏上歸途。在營業到很晚的廉價超市買飲料和食材，走路回家。這處住宅區有不少老房子，但有一區林立著較新穎的住家大樓。走進共十四樓的大樓門口，乘上電梯。紗奈一家住在八樓的三房二廳邊間。

從脫鞋處走上木板地，去盥洗室洗手後，進入客廳。

母親華音淺坐在沙發上，正在看電視。她望向紗奈，臉上露出迷茫的微笑說：

「啊，紗奈，妳回來了。」

「我回來了。」紗奈把購物袋拿進廚房。「媽，今天身體還好嗎？」

「今天還不錯。要是照這樣下去，差不多可以開始找工作了。」

「不必那麼急啦。」

「可是不能只讓妳一個人這麼辛苦……妳等一下還要寫作業吧？總是讓妳負擔這麼重……」

「沒事啦，不用在意。」紗奈笑道，在制服外面繫上圍裙。「我來煮飯。」

父親差不多都在這個時間下班回家。這時間與其說是煮晚餐，更接近準備宵夜了。為了減輕家中經濟負擔，都是自煮。以前這是母親的工作，但現在由紗奈負責。

父母本來都在工作，但母親華音得了憂鬱症，不得不離職。母親個性太好，被上司和同事塞了過多的業務，似乎終於崩潰了。現在母親看起來很平靜，是藥物發揮作用的關係。

因為還有房貸要繳，只靠父親一份薪水，漸漸難以為繼，所以紗奈開始去打工。她想盡量減輕父親的負擔。其實她想打更多份工，但陽葵她們不斷懇求她不要退出舞蹈同好會。管樂隊也才剛加入而已，只能努力調整時間。

把買回來的熟食擺到調理台上。燉鯛魚、紅蘿蔔肉捲。蔬菜有小黃瓜和番茄。豬肉味噌湯和明太子是即食調理包。

把鯛魚放進鍋裡稍微加熱。她正在準備盤子，傳來玄關門打開的聲音。紗奈出去走廊迎接。返家的父親嘉隆就在脫鞋處。紗奈招呼：「爸，你回來了。」

一襲西裝的嘉隆露出笑容：「我回來了。妳今天也幫忙煮飯嗎？真是太勤勞了。」

「爸才是，上班辛苦了。」紗奈接過父親的公事包。「換完衣服就要吃飯了嗎？」

「嗯，我餓死了。總是麻煩妳了。」嘉隆經過走廊，朝盥洗室走去，忽然停下腳步：「紗奈，距離高中畢業還有三年，大學的事，妳還不必擔心……」

「我知道，爸不用在意。」

「……是嗎。爸也會想辦法在這一兩年努力看看。」

父親的背影消失在盥洗室。紗奈感到微妙的心酸。

有一次她不小心聽見父母說話，兩人談到父親的公司業績惡化，似乎被減薪了。母親暫時也無法期望回歸職場。紗奈想要繼續升學，但兩人說照這個狀況，可能很困難。

兩人說，房貸壓迫了生活費，即使要搬到郊外，房子也沒辦法以購入時的價格賣出去，會留下大筆未付貸款，反而損失更多。但雙方的老家都已經無法依靠，即使艱難，也只能一家三口繼續努力。

紗奈打開旁邊的門。是父親的書房。她把公事包擺到老位置，不經意地看見桌上的相框。

是國二的時候，全家去那須高原兜風時的照片。當時祖父母身體都還很硬朗，兩人笑著偎在紗奈身邊，母親華音看起來也十分健康。照片讓她再次認識到，她們曾經是這樣一個熱鬧的家庭。然而現在，甚至連親戚間都不相聞問了。

看了照片片刻，淚水情不自禁地湧上眼眶。紗奈用指頭輕輕抹了抹眼頭。

「紗奈。」父親在叫她。

「來了！」紗奈回話。

用完飯清洗過碗盤，寫完功課，泡澡。自己肯定是幸福的，紗奈心想。該做的事情很明確。即使平凡但平靜的日子裡，偶爾確實有著淡淡的喜悅。

4

週五深夜，紗奈正在洗碗，母親披上了大衣。

這麼晚了，她要出門嗎？紗奈不安起來，問母親要去哪裡。

母親華音回應：「遙控器沒電了，去買一下電池。」

「我去就好了。」

「不用啦，騎自行車去一趟超商而已。」

紗奈有些不知所措。照護手冊上說，當憂鬱症病患自發性地積極行動時，家人應該支持鼓勵。但晚上出門，真的沒問題嗎？很難說。紗奈難以判斷。畢竟超商離家裡頗遠。

她想尋求父親的建議，但父親一直關在書房裡講工作上的電話。母親丟下仍在猶豫的紗奈，離開玄關了。

片刻後，父親嘉隆過來客廳：「妳媽呢？」

「說要去超商買東西……」

「這樣啊。」

「我不該讓她一個人去嗎？」

「怎麼會？」父親笑了。「妳媽是大人了。她狀況好的時候，應該讓她多多活動。」

父親的話說服了紗奈，她覺得自己太杞人憂天了。紗奈前往盥洗室折洗好的衣服。

正當紗奈隱隱覺得母親似乎出門太久的時候，手機響了。好像是父親的手機。

傳來父親接電話的聲音：「喂，我是有坂。……什麼？在哪裡？」

聲音帶著緊張，讓人覺得出了什麼事。紗奈出去走廊，快步趕往客廳。

「我立刻過去。」父親留下這句話，掛斷電話。

紗奈問父親：「怎麼了？」

「我去一下急診。聽說妳媽騎自行車跌倒，正在急救。」

紗奈焦躁不安，連忙說：「我也要去。」

她已經換上了居家T恤和裙子，但只要披上一件牛仔外套，就可以出門。現在她連一秒都不想耽誤。父親似乎也一樣，沒有換下身上的毛衣和長褲，直接前往玄關。

一走出大樓門口，紗奈就後悔了。戶外意外地冷。春季的氣溫起起伏伏，很傷腦筋。父親也縮起了脖子。

應該穿個羽絨外套的。但紗奈不想再回家一趟，只想直接趕往醫院。

兩人走出大馬路的人行道，父親攔下經過的計程車。沒有跳錶，六百圓就到了最近的綜合醫院。

兩人前往急診櫃台。母親坐在候診區，右前臂打了石膏，吊著三角巾。

紗奈跑了過去：「媽！妳受傷了？」

「我沒事。」母親尷尬地微笑。「對不起，突然有貓衝出來，我為了閃避……」

醫師前來說明。不只是扭傷，手腕的骨頭還撞出細微的裂痕，但並不嚴重，約三個星期就可以恢復了。

母親似乎是人跟自行車一起倒下，有路人幫忙叫了救護車。被送醫的時候，急救人員把自行車挪到路邊留在原地。母親好像向急救人員保證很快就會去把車子牽回家。

紗奈總算鬆了一口氣。一家三口向醫師行禮道謝，離開醫院。雖然又上了計程車，但沒有回到自家，而是在半公里前下了車。是距離母親要去的超商不遠的地點，住宅區內複雜的生活道路深處。

道路有一側是貌似廢棄工廠的大片土地，沿路都是生鏽的鐵皮圍牆。附近沒有民宅，周圍一帶陰陰暗暗，但等間隔設有路燈。前方相當遠的地點，看到一輛自行車靠放在鐵皮圍牆上。

這裡的話，就算把自行車丟在路邊一陣子，確實也不會有人抗議。不過這一區實在是相當荒涼冷清，真不敢相信母親居然會想要路經此地。也有許多日薪工人簡易旅館的招牌。狹小的兒童公園，大白天就會有人在長椅上喝酒。

鐵皮圍牆的對面，就有那樣一座兒童公園。黑暗中，看得出似乎有一群人影，大概將近十來人。年輕男子緊繃的笑聲在公園裡迴響著。是校園裡也經常聽到的、不良學生們那種沒節操的笑聲。

距離自行車還有十幾公尺。紗奈經過公園門前，朝那群人的方向看去。每個人都是街頭系打扮，一看就知道是不良集團。其中一人轉頭看了過來。路燈照亮那顆金髮大平頭。是一Ａ的井戶根蓮。他拍打另一人的肩膀，那個人也轉過來。是一Ｃ的尾苗周市。沒有眉毛的臉幽幽浮現在黑暗當中。

他們是一年級裡面也赫赫有名的不良學生。紗奈催促父母：「我們快走。」然而數人的腳步聲追了上來。不良學生們包圍了一家三口，配合他們的步調一起走。他們的眼睛不是看著前進的方向，而是紗奈。紗奈低下頭，但那些不良學生壓低了身體，把頭伸過來窺探地仰望她。

父親嘉隆加快腳步，抗議說：「你們做什麼？讓開。」

紗奈制止父親：「別理他們就是了……」

褐色蓬髮的馬臉男擋在前方，倒退著走路。是二年級的菅浦秦彌。紗奈感到一股寒意。大平頭胖子是榎垣迅。還有頭髮兩側推高、戴眼鏡的鷹城宙翔。是在體育館偷看舞蹈練習的三人。

菅浦瞪大眼睛，驚叫大喊：「這不是豬跳舞的有坂嗎！」

榎垣和鷹城放聲大笑。他們放慢後退的步伐，縮短和紗奈的距離。紗奈想要強硬前進，被菅浦重重一推，擋了下來。

母親華音不安地瑟縮起來。這對她的精神狀況不好。紗奈和父親一起站到母親身前護住她。

鷹城粗魯地啐道：「這裡是我們的地盤，連聲招呼都沒有，就想隨便經過？」

父親嘉隆的臉繃住了：「這裡是公共道路，任何人都可以自由經過。」

「大叔，你很狀況外喔？你們來這裡做什麼？想要向警察通報我們嗎？」

母親顫聲傾訴：「不是的……我們只是來拿腳踏車……」

「啊？」榎垣回頭。「那台破鐵馬嗎？」

「對。只要拿回腳踏車，我們馬上就走。」

過度卑躬屈膝的態度，只會助長不良分子的氣焰。紗奈牽起母親的手，要她別再說話。

這時，只有菅浦一個人離開，走向腳踏車。「嘿？是來拿那台車的啊？」

菅浦跨上自行車，踩著踏板騎來騎去，就是不回來這裡。他一邊蛇行，一邊愈騎愈遠。

其他不良學生笑著一哄而散。鷹城大聲鼓譟：「衝啊！菅浦選手！超高賠率！」

「嘿！」菅浦似乎來勁了，擺出競輪選手的前屈姿勢，提高速度揚長而去。

父親嘉隆怒吼：「住手！不要亂動別人的東西！」

嘉隆臉色大變地往前衝。看到嘉隆追趕自行車，路上的不良學生們也怪叫著跟他一起跑。

母親華音發出擔憂的呻吟，紗奈也連忙制止：「爸！不可以，不要追！」

井戶根在路上滑壘，一腳絆倒嘉隆。嘉隆整個人前栽撲倒，不良學生們手舞足蹈地跑過去。

倒地的嘉隆想要撐起上半身，但肥胖的榎垣握住鐵管，水平揮棒，硬生生砸向嘉隆的後腦。硬物碎裂的聲音響徹四下。嘉隆被擊倒在地。

紗奈陷入驚愕。母親發出驚呼與慘叫交織的聲音。

不良學生們笑得更刺耳了。榎垣舉起鐵管，反覆朝著嘉隆的頭部砸下去，就像在拍棉被一樣，動作毫不留情。悶重的聲音在周圍不斷地迴響。每當嘉隆上身後仰，不良學生就放聲大笑。很快地，嘉隆連痙攣的反應都沒了，無力地癱平。

榎垣高高舉起鐵管，周圍的不良學生大聲歡呼。榎垣兩手握住鐵管垂直立起，直搗下去。

紗奈忍不住大喊：「住手！」

鐵管前端貫穿了嘉隆的後腦。紗奈眼睜睜看見鮮紅色的液體猛然噴出。

母親華音發出哭喊，想要衝過去。紗奈試圖制止，卻被一名不良學生從後面抱住。紗奈被牢牢地架住，一步也動彈不得。

胸口劇烈翻攪，心臟幾乎要破裂了。紗奈大聲呼喊：「媽！」

無眉的尾苗伸手摀住紗奈的嘴巴。紗奈仍想大喊，卻只能發出呻吟。

母親跪在父親旁邊，抽噎著低下頭去。她搖晃著一動不動的父親的背，以幾乎是尖叫的聲音喊著：「振作起來啊！孩子的爸、嘉隆，不要死啊！」

此地已經不可能有任何安息。菅浦騎著自行車回來了。他猛然加速，逼近紗奈的母親華音。

紗奈瘋狂搖頭，擺脫摀住嘴巴的手，趁著那一瞬間大喊：「媽！快逃！」

母親華音驚覺抬頭，似乎察覺了腳踏車逼近。她踉蹌著站起來要逃，然而或許是吊著三角巾的一隻手影響了平衡，根本跑不快。自行車上的菅浦蜷著背，以近乎異常的高速追逐華音。

沒有閃避，也沒有減速，菅浦的自行車直接衝撞華音的背，直接把她給撞飛出去。

紗奈的嘴巴再次被尾苗用手給摀住，連慘叫都發不出來。甚至鼻孔也被堵住了。幾乎窒息的痛苦讓她拚命扭動掙扎。

母親華音仰躺在地上。菅浦跳下腳踏車，走近華音，執拗地踩踏她右手腕的石膏，直到粉碎。華音發出痛苦的叫喊。不良學生的笑聲已經達到了狂亂的領域。

這時，其他男人的怒吼響徹四下：「你們吵死了！」

不良學生們同時安靜了。紗奈也倒抽了一口氣。然而這並非救世主現身。威脅不僅沒有離去，更進一步的絕望，讓紗奈只能顫抖。

出現在路上的兩人，一樣在學校裡見過。長髮細臉的鷹鉤鼻瘦子，是三年級的笹館麴。他是連老師們都畏懼不已的不良集團首領，身邊總是跟著不同的褐髮或金髮女生服侍他，但現在身邊沒有伴。據說笹館自己總是見異思遷，卻絕對不許女人花心。聽說有好幾個女人遭到他私刑，被送進醫院。

另一個是同樣三年級的梶梅穰治，他留著飛機頭，穿著紅色連身工作服，眼神莫名凶狠。梶梅總是跟笹館混在一起，地位算是集團二把手。

笹館沉聲指示不良學生們：「誰會就這樣扔在路上？快點搬去裡面！」

原本安靜下來的不良學生們又歡鬧地活動起來。各別有兩人跑到倒地的紗奈的雙親那裡。接下來的狀況，紗奈沒能看到。因為她被架著拖進鐵皮圍牆的縫隙裡了。

她被帶進廢工廠的用地裡面。那裡現在似乎成了資材放置場。裸露的泥土地上，到處都是蓋著藍色塑膠布的小山。附近有一棟半毀狀態的工廠建築物，突出外牆的吊車狀鐵臂超過十公尺高，最頂端有滑輪，垂下兩根繩索。

這裡似乎是不良集團的基地，停放著幾輛機車。紗奈突然被按倒在地上。她看到把她架過來的，是頭髮兩側推高戴眼鏡的鷹城。鷹城猴急地整個人壓上來。

紗奈仰躺著，奮力掙扎抵抗，掌摑鷹城的臉，用指甲抓他。鷹城露出吃痛的表情皺眉，退了開去。取而代之，菅浦和榎垣按了上來。

男人們急促的呼吸逼近上來，駭人且噁心到了極點。紗奈仍繼續掙扎。忽地，她聽見金屬傾軋聲，難以置信的光景映入眼簾。

母親華音全身癱軟著，腰部被纏上一圈圈的繩索，草率地綁起來，繩索連在頂遙遠的滑輪上。井戶根和尾苗這兩個一年級生，拉扯著從滑輪垂下的另一條繩索。繩索陷入華音的肚腹，她的身體折成ㄑ字形，逐漸被吊上夜空。

菅浦搞笑地高喊：「升旗！唱國歌！」

不良學生們唱起國歌〈君之代〉，笑得滿地打滾。逐漸遠離地面的母親眼神空洞，紗奈聽見偶爾傳來的嗚咽聲。母親受傷的右手腕不自然地扭曲，左手和雙腳無力地垂著。

已經被拉到超過十公尺高了。紗奈躺在地上，哭訴：「不要這樣，放她下來！」

三年級的笹館和梶梅站在附近，俯視著紗奈。笹館朝井戶根等人努努下巴說：「要是他們放手，老太婆就倒栽蔥摔下來了。不想看到老太婆掉下來，就快點脫！」

淚水模糊了視野。紗奈顫聲說：「我聽話就是了，把我媽放下來。」

梶梅橫眉豎目：「叫妳快點脫，母豬！」

紗奈坐起來，開始脫夾克。不良學生們默默俯視著。衣服一件件褪了下來。她沒有任何遲疑。只要稍微仰頭，就會看到被吊在繩索上的母親。不能讓母親繼續那樣。

脫掉T恤和裙子以後，不良學生們開始動手了。內褲形同被扯破地粗魯褪下，紗奈成了全裸。

笹館俯視著她命令：「躺下來，大腿張開。」

淚水泉湧不止，滑下臉頰。紗奈搖頭：「求求你們，這實在……」

在遠處抓著繩索的井戶根大聲說：「啊～重死了，可以把老太婆丟下去了嗎？」

笹館呼叫附近的不良學生：「喂，把老頭的屍體拖過來，放在老太婆下面。」

二年級的菅浦和榎垣發出尖銳的怪叫，同時衝了出去。很快地，父親嘉隆被仰向拖了過來。他的臉被鮮血染得一片赤紅，顯然早就斷氣了。父親被丟在母親吊著的位置正下方。

這時，液體從天而降，菅浦和榎垣驚慌地用手抱頭，仰望頭頂。

母親失禁了。菅浦小跑步逃走：「髒死了！居然對人撒尿！」

抓著繩索的兩個不良學生笑得打滾。抓繩索的手似乎鬆了，母親的身體猛然下墜。井戶根繼續笑著，和尾苗一起把繩索拉上來。「好險，差點就掉下去了。」

梶梅踹紗奈：「喂，快點躺下去。」

紗奈只能躺到冰冷的泥土地上，擺出指定的姿勢。夜空再次映入眼簾。被吊起的母親俯視著父親。視野中的一切都在淚水中開始震顫。紗奈只是不停地抽泣。

鷹城騎了上來：「在空手道社鍛練過的老子先上！」

生理性的嫌惡感讓雞皮疙瘩爬滿了全身。紗奈將身體轉向一旁：「不要！」

「臭婊子！」鷹城伸手揪住紗奈的喉嚨掐緊，用蠻力把她的臉扳正，另一手握拳揍向她的臉。

一拳就讓鼻血噴了出來。伴隨著麻痺般的痛楚，耳鳴不止。毆打沒有就此停止。紗奈一拳又一拳反覆挨打，視野因淚水不斷地搖晃，所有的一切都模糊了。每當拳頭命中臉部，自己噴出去的鼻血又淋回臉上。

鷹城突然停止了毆打。他仰望頭上。其他不良學生也跟著這麼做。

很快地，紗奈明白暴行為何會中斷了。她依稀聽見母親的聲音：「紗奈、紗奈……」

不良學生沉默著，卻彼此對看，接著再次高聲大笑。

榎垣屈身向前，看紗奈的臉：「啊~啊，腫成這樣，變成麵包超人了啦。練空手道的，打夠了沒？快點開始啦。」

「是！」鷹城喘著氣鬆開皮帶，褪下褲子，整個人壓上紗奈。

下腹部一陣劇痛，紗奈發出形同悲鳴的慘叫。

菅浦伸手摀住紗奈的嘴巴。「這女的有夠吵的，萬一警察來了怎麼辦？」

不只是身體被貫穿的痛而已，紗奈強烈地想要嘔吐。她連半點哭聲都發不出來，只是任由身體被激烈地搖晃。菅浦的手一放開紗奈的嘴巴，鷹城就親吻上來。紗奈很想咬斷插進來的舌頭，但想到被吊著的母親，她實在無法抵抗。不良學生們興奮到了極點，發出鼓譟的嚷嚷聲。

榎垣叫囂：「簡直就像輪姦島嘛！」

「啊？」菅浦笑了出來。「什麼輪姦島啦？」

「你不曉得嗎？聽說在沖繩的近海，島上住的全是凶暴的漁夫，因為女人都跑光了，島上只剩下男人。」

「啊~好像聽說過。有時候會買來年輕的女人，大家輪著幹的島嗎？那種色情雜誌的三流文章，不要當真好嗎？」

「真的沒有輪姦島嗎？」

「何必跑那麼遠，這裡不就有樂子嗎？」

充滿嫌惡與痛苦的時間逐漸過去，一陣子後，鷹城似乎洩精了，隨著滿足的嘆息挺起上身。

梶梅調侃地說：「怎麼，空手道社的這麼快就射囉？」

「報告班長，是！」鷹城搞笑回應，不良學生們笑了起來。

接著菅浦摟住紗奈，讓她趴在地上，強制她雙膝跪地，翹起臀部。紗奈的臉幾乎快被壓在地上，勉強往旁邊轉去，視線前方是父親的身體。父親躺著一動不動。

雙腿間再次感受到劇痛。紗奈反射性地後仰，卻被梶梅摀住了嘴。

不遠處，尾苗呼喊：「笹館大哥！我跟井戶根要拉繩子到什麼時候？手愈來愈痠了！」

副手梶梅冷哼一聲：「用這裡的滑輪動私刑，是咱們的傳統，拉繩子是一年級的工作。」

井戶根也表達不滿：「可是笹館大哥，我們在這裡看著，下面都快爆炸了。」

二年級的不良學生們發出下流的笑聲。笹館喃喃道：「真拿你們沒辦法。不過把漏尿老太婆吊那麼久，確實也沒意義。」

梶梅同意：「反正這婊子也不會反抗了，不需要老太婆當人質了。」

「好，可是老太婆會左右扭動，你們要瞄準好，砸到老頭身上啊！要是完全命中，下一個就讓你們上。」

井戶根和尾苗發出歡呼。紗奈懷疑自己聽錯了。她想扭動身體，但雙手雙腳被按得死緊。嘴巴被摀住，連半點制止的聲音都發不出來。

滑輪旋轉的刺耳聲音響徹四下。母親落下的身體，撞上了父親的身體。衝撞的同時，肉體破裂，噴出血花。母親和父親的全身都以異樣的形狀扭曲、糾纏，在地上滾動，就宛如兩具被拋棄的人體模型。

在不良學生們的笑聲當中，紗奈的意識幾乎消散。但她即將昏厥的前一刻，臀部被用力擊打，身體像通電般痙攣了一下，再度回過神來，被迫繼續目睹地獄般的景象。父母的屍骸，在泉湧的淚水另一頭若隱若現。

我不能就這樣死掉。即使強烈地感覺死亡會帶來救贖，也絕對不能渴求死亡。我不能懷抱著這樣的憾恨，去到父母身邊。

5

三年級的梶梅穰治把手機鏡頭切換成自拍，當成鏡子。在黑暗當中也能照得很清楚，整理飛機頭時特別好用。

狂歡過後的廢棄工廠用地裡，現在變得相當安靜。只有性欲旺盛的二年級胖子榎垣，仍以背後位衝撞著有坂紗奈的臀部。紗奈已經虛脫了，沒有人固定她的手腳。不良學生們靠坐在牆邊，正在哈菸。鷹城用一手拋出他自豪的十八K金Zippo打火機，又水平接住。

不管是酒精還是大麻，開始酩酊之後的一陣子是最高潮，過了那段高潮，就會轉為憂鬱。幹女人也是一樣，射完之後，興奮也就立刻消散了。尤其梶梅穿的是連身工作服，必須在這樣的大寒天脫到幾乎全裸。洩慾之後穿上衣服，就懶得再次脫掉了。他開始煩惱該如何收拾殘局這個麻煩問題。

笹館伸出雙腳坐在地上。「梶梅。」

「啊？」

「打電話給巖叔。」

果然落到我頭上來了。梶梅內心厭煩，但還是滑起手機。「好喔。」

從連絡人資料點選巖叔的名字，按下通話鍵。鈴聲響了幾回，傳來成人男性慵懶的聲音：「喂？」

「不好意思，巖叔。」梶梅擺出低姿態。「我們在平常的工廠，可以麻煩你來收拾一下嗎？」

「收拾？」阿巖的聲音口齒不清。「又強姦女人了？」

「差不多。」

「只有一個女人？」

「不是，老頭跟老太婆也一起路過，所以……不過是我們學校的女生。一二年級的好像認識。」

「真是，可以是可以啦，可是就算連絡佐和橋的老爺子，可能也要明後天吧。那個老爺子，最近又迷上菲律賓女人了。」

「拜託一下啦，要是今天晚上不收拾乾淨就麻煩了。」

「受不了，我姑且問問看。不過咱們這邊的工作，你們可得多幫忙一回。」

「應該的。」

「我這就過去。佐和橋的老爺子能去就帶去。」

「麻煩巖叔了。」梶梅話剛說完，電話就掛斷了。梶梅滑著手機報告：「笹館，巖叔說他馬上就過來。」

川崎的不良勢力集中在一處，不像東京都內，有許多勢力劃地為王。底下的從中小學耍壞的屁孩開始，上面的則是混過飆車族之後，逐漸流入當地黑幫。一方面也是因為這裡以前住了許多打零工的勞工吧。此地黑幫根植於這塊土地，也滲透了一般家庭。這種人家的父母，只消看一眼就知道。身上有刺青，頭髮不是染成很淺的顏色，就是剃光頭。

長成不良屁孩，就會認識其他不良分子的父母。黑道彼此都認識，屁孩無處可逃。上了國中以後，他們就會被迫以樂捐為名目上繳規費。在路上也會被叫住，打聽來歷。如果被發現只是一個人在路上閒晃，就會被強迫收為小弟，被抓去喝酒，尋釁找碴，要求拿個三萬過來。

為了籌錢上繳，每個人從國一就染指竊盜。一開始是破壞自動販賣機、偷香油錢、偷店裡的東西，很快地就會從勒索進化成強盜。

川崎不時興電話詐騙這類要花腦力的犯罪，都是恐嚇取財，若是遇到抵抗，就成群結夥把對方打到體無完膚，單純得很。學長們畢業後不是跟著某個大人做學徒，就是幫忙大哥，加入黑幫。梶梅這些人也有著相同的未來在等著他們。他們不會想要離開故鄉。因為他們的哥兒們都在這裡。

這也不全是壞事。因為平常有在上繳規費，有時大人也會對他們特別驕縱。

照顧笹館率領的不良學生集團的，是名叫阿巖的黑道成員。沒有人知道他的本名叫什麼。其他上了年紀的黑道都叫阿巖「小的」，但阿巖不管怎麼看都已經超過六十了。他都在川崎站附近的仿義大利商城拉齊塔德拉後面的泡泡浴街的黑道事務所裡，離這裡不遠。

巨漢榎垣一副揮汗爽過的嘴臉晃了回來，跟其他人一起癱坐在浪板圍牆前面。

被丟在地上精赤條條的有坂紗奈就像垂死的蟲子，慢慢地爬過地面。她想爬到父母的屍體旁邊。

沒有眉毛的一年級尾苗衝了過去。他應該是想阻止紗奈前進，但沒有擋住她的去路，反而繞到後面，褪下褲子，抱起紗奈的臀部，當場用背後位開始衝刺。紗奈只是呻吟，完全喪失了抵抗的意志。尾苗氣喘吁吁地怒吼：「喂！給我看著老頭老太婆的屍體高潮！」

幾個人哼笑了一下，反應就這樣而已。直到上一刻，眾人還會捧腹大笑，但現在都已經涼了。梶梅想，射完之後都是這樣的。也沒道義對著兀自耍帥的一年級屁孩陪笑。

車聲傳來。聽得出有兩台。笹館拋開菸蒂，倦懶地站起來。其他人也仿傚他這麼做。

尾苗還在挺腰。同樣一年級的井戶根催他：「尾苗，你還沒完啊？」

「快了……嗚！」尾苗痙攣，靜止片刻後，深深吁出一口氣，放開雙手環抱的紗奈的臀部。

兩輛車的引擎聲都停了，傳來車門開關聲。鐵皮圍牆的縫隙掀開來，五分頭白髮、國字臉的阿巖進來了。

所有的不良學生都行禮迎接。白天阿巖有時候也會穿西裝，但現在披了件日式棉袍，看起來也像個木匠工頭。

接著出現一個比阿巖更老的男人。禿頭、炯炯大眼，嘴巴像章魚般噘著。佐和橋似乎年近八旬，總是一副醉茫茫的表情，但意外地矍鑠。即使穿著符合年齡的銀髮族款毛衣，也完全不像個正派小市民。

阿巖瞥了紗奈一眼，望向父母的屍體。「啊，你們又下手不知輕重了。」

笹館也沒什麼心虛的樣子，只是微微低頭：「不好意思。」

「小丫頭還活著？」

「是。」

「那得先來一炮才行。」阿巖邊走邊拉下褲子拉鍊，就像走進公廁一樣。「幹完再說。」

不良學生們看著阿巖強暴徹底脫力的紗奈。阿巖一邊挺腰，一邊說笑或咒罵，每個人都逐一捧場跟著笑。對於能收拾殘局的大人，他們只能討好。

接著佐和橋雖然都一大把年紀了，但該站的東西站得直挺挺的，異樣精力十足地強暴了紗奈。他和阿巖不同，沒有半點廢話。他把紗奈翻到正面，從上面壓上去，一個勁地挺腰。完事之後，佐和橋發出泡完澡般的舒爽呻吟，站了起來。

阿巖問佐和橋：「比菲律賓女讚吧？」

「聽你放屁。」佐和橋重新繫好褲頭。「菲律賓女有菲律賓女的好。」

兩名高齡黑道洩慾之後，冷靜地開始討論。阿巖向佐和橋提議：「三個得一次處理掉，否則會有麻煩。」

佐和橋閉目半晌，彷彿站著睡著了，但很快便頂著皺巴巴的臭臉說：「總之我把小廂型車開來了，三個都先丟上後車廂吧。」

「那，要派幾個小子上佐和橋哥的車嗎？到時讓他們卸貨。」

「不行，要是被警方攔到載著屍體的車子，如果小子們也在車上，他們就等著吃一輩子牢飯了。」

「說的也是。」阿巖看著不良學生們的機車。「你們分頭跟上來。」

「這時間的話，」佐和橋看看手錶。「跑一趟逗子應該也花不了多久。我從橫濱橫須賀道走十六號，阿巖跟小子們走環狀二號線過來，直接在那邊會合。不許超速啊。」

阿巖是資深黑道兄弟，但佐和橋的來歷，梶梅也不清楚。只知道佐和橋沒有加入當地黑幫，但和阿巖似乎是老交情了。上次他們把一個女人私刑致死時，佐和橋也有幫忙棄屍，或許是專門承包這類差事的人。因為他也不是做義工的。反正事後又會被要求提高一大筆規費。

「好。」阿巖努努下巴。「搬上車。」

笹館望向三名二年級生，三人同時走向紗奈。兩個一年級生面露不滿，但仍著手搬運夫妻的屍體。三年級的梶梅和笹館一樣，擁有只看不做的特權。

笹館隨著嘆息喃喃：「雖然也算是爽到了。可是這下好陣子又是一大筆開銷，光想就煩。」

「就是啊。」梶梅笑道。

菅浦、榎垣和鷹城故意三人合力搬運全裸的紗奈。雖然隱約聽見紗奈的呻吟，但她全身筋骨都散了，連一根指頭都動不了。臉腫得慘不忍睹的紗奈，看起來跟死了沒兩樣。

煩死了，真想快點結束。現在梶梅心中就只有這個念頭。

他絕對不想因為這種破事曝光，被條子抓走。啃完炸雞，骨頭當然要丟掉。傻呼呼的垃圾一家子死了，就這樣罷了。誰叫他們三更半夜擅闖別人的地盤。能夠嗨翻享樂的才是贏家。如果連這點樂子都不能有，活著還有意義嗎？

6

烏雲密布的天空底下，懸野高中迎向午休時間。學生們的喧鬧聲甚至傳到校舍外，操場也熱鬧滾滾。

隔著校舍，操場的另一邊是禁止玩球的職員停車場。一年A班穿著夏季制服的井戶根蓮在混凝土上踢著足球。

球滾到一C的尾苗那裡。沒有眉毛的尾苗把球輕踢回去，球稍微偏向旁邊，井戶根迅速移動到側面，用腳踩住球，再次踢向尾苗。

「喂！」尾苗攔住球，讓球停在腳下。「井戶根，那不是警察的車嗎？」

球被踢了過來，井戶根把球踢回去，瞥了附近一眼。那裡停著一輛黑色皇冠。

井戶根喃喃：「我哪知？」

「之前也來過。笹館大哥他們被叫去校長室了。」

「所以咧？」

兩人互傳足球。必須讓身體動個不停，否則會愈來愈不安。只要活著，有時也會遇上這種情況。別管它就行了。反正又不會出什麼大不了的事。

已經七月中旬，暑假快到了。戶外悶熱無比。不久前還是新生的井戶根，現在也已經完全融入高中生活了。日常生活主要是替學長跑腿，但靠山夠大，走路也有風。

井戶根不會唸書，考試的時候把試卷傳給懦弱的學生，叫他們寫就好了。白痴班導還佩服地說「井戶根意外地功課不錯嘛」。大人真是單純。這世界就是不能當回事。

這陣子，晚上都沒有集合活動了。因為阿巖忠告要靜觀其變。

那天晚上，井戶根、尾苗和笹館他們一起騎機車前往逗子。半夜的大海一片漆黑。騎在海岸邊的道路，前方變成了上坡路。機車一面蛇行，一面深入山中。繼續騎進岔路，在樹林裡前進了片刻。車子就停在前面。

先抵達的佐和橋已經在準備了。他提著儲水桶在小廂型車上澆淋液體。氣味刺鼻，一聞就知道是汽油。

阿巖的車晚了一些抵達。他戴上橡皮手套，也開始幫忙佐和橋。小廂型車的後車廂蓋朝上打開。

笹館等一群七個人只能默默地看著。看到車子裡面，井戶根一陣膽寒。姓有坂的老頭老太婆的屍體，還有全裸的紗奈排成川字型趴在裡面。在廢工廠的時候，他一點感覺都沒有，或許是騎車過來的路上，腦袋漸漸冷靜下來了。現在他只覺得厭惡，想要快點離開這裡。

阿巖回頭，指示把三人搬下車。井戶根等人正準備要動手，佐和橋舉起一手制止。不必，直接燒了。佐和橋說著，把汽油淋上丟在車子裡的三人。

紗奈的身體痙攣了一下，緩慢地動了起來，發出細微的呻吟。儘管奄奄一息，但還有氣。

佐和橋點燃火柴。連車子一起燒掉，看起來比較像全家自殺。佐和橋說完，把點燃的火柴扔進後車廂。

瞬間，眼前炸出一團鮮艷的火球，火球立刻化為巨大的火柱吞噬了車子。熊熊燃燒的車子裡傳出淒厲的慘叫。井戶根聽見不成話語的吼叫。火焰裡，紗奈的裸體激烈翻滾，雙手拚命地刨抓著空中。

撲面而來的熱風強勁，異樣地滾燙，火焰的明滅也刺眼極了。在強風煽動下，火勢燒得更旺。火星飛向車子四周圍，雜草就像燒荒那樣被染得鮮紅。

阿巖怒吼：退後！燒到油箱會爆炸。

紗奈的慘叫聲遲遲沒有歇止。井戶根煩躁起來。他很想摀住耳朵，但要是這麼做，不知道該如何向學長辯解。同樣一年級的尾苗雖然表情緊繃，但眼睛直盯著車子。要是在這時候示弱，永遠都是任人踐踏的跑腿小弟。

車體晃動。看得出人影在火焰裡倒下了。慘叫聲終於消失了。阿巖催促佐和橋，返回自己的車子。笹館也轉身走掉。井戶根鬆了一口氣。總算可以離開這裡了。

領頭撤退的也是阿巖的車。一群機車跟在後面。騎下山路的途中，聽見像放煙火的爆炸聲。是燒到油箱了吧。聲音沒有想像中的大。

會不會有警車警示燈擋在前頭？這麼一想，井戶根忐忑不安。但車隊沒有被攔下，順暢地往前衝。遠方傳來警笛聲。反應就只有這樣而已。回到川崎的路上，都沒有遇到警察。

井戶根的父親是黑道。小時候井戶根並沒有特別意識到這件事。就算家裡有日本刀、木刀和獵槍，他也以為一般家庭都是這樣的。上了小學以後，父親賺得愈來愈少了。似乎是社會興起排黑風潮，讓他收不到該收的保護費。家暴和夫妻吵架不斷，最後母親拋家棄子離開了。父親算是金盆洗手，現在靠著做工維持生計。

只有父子的井戶根家，住在一棟狹小的透天厝。從逗子回來的隔天早上，客廳電視播報了新聞。山中發現一家三口的焦屍。

幾天後身分也查出來了。有坂嘉隆（四十七）、有坂華音（四十四）、有坂紗奈（十六）。井戶根討厭上課，聽主播報新聞，也一樣讓他痛苦萬分。大人講話都莫名文謅謅。其中或許也有不想聽的心理在作祟，但他還是理解了大致上的資訊：警方透過DNA鑑定確定了三人的身分，正朝他殺與自殺兩方面偵查。

井戶根後來一直都沒去廢棄工廠了。也沒聽說警方在調查那一帶。那裡是祕密基地。就算每個人都知道那裡是他們那一夥的地盤，警方要調查那座廢棄工廠，應該還是需要搜索票。地主討厭警察，絕對不會自願配合調查。這幾個月下過好幾場豪雨，證據老早被沖光了。

應該是為了配合警方辦案，有坂家的葬禮遲遲沒有舉行，不久前才終於辦了。一B的班導和同學好像去參加了。當然，井戶根他們擺出事不關己的樣子，也沒有靠近葬禮會場的有坂家。學校召開緊急會議，校長在台上致哀。女學生都在哭，井戶根一點感覺也沒有。他唯一擔心的，就只有警方會不會懷疑到他們頭上。

刑警來過家裡好幾次，井戶根和父親一起回應。他的回答只有一句「我什麼都不知道」。兩名比以前他在商家偷竊被逮時的警察更凶悍的刑警神情嚴肅地盤問他。這些大人教人不爽。毫無根據，就在那裡套話，問什麼晚上有沒有在外面流連？有沒有跟壞朋友混在一起？

井崎區南町是個小地方，井戶根是不良集團分子這件事，每個街坊鄰居都知道，警方當然也都掌握了。平時明明睜隻眼閉隻眼，卻只有這種時候緊咬不放。

井戶根專心一意地踢足球，每一腳都傾注全力。球畫出拋物線，直擊附近的車子。雖然不是警察的皇冠，但車體側面被撞凹了。

尾苗一臉僵硬地跑過去，撈起滾動的球。踢球的動作收斂了一些。雖然兩人都裝出沒事的表情繼續傳球，但還是甩不掉尷尬。很快地，尾苗就像厭倦了，把球挑上來抱住。

校內廣播響起：「一年A班井戶根蓮，一年C班尾苗周市，請立刻到校長室報到。」

嫌惡與憂鬱擴散開來。尾苗也露骨地皺眉頭，但兩人還是無法無視廣播，前往校舍。足球本來就是撿來的，尾苗在樓梯口把球隨手丟開。

兩人來到校長室，一A的男班導吉野站在敞開的門前。一C的班導永保也在一起。井戶根和尾苗也沒有加快腳步，慢條斯理地走。教師們滿臉不爽，但耐性十足地等著。

他們行禮，進入校長室。會客區沙發上，校長和副校長以外的兩個人站了起來。

兩個都是見過的臉孔。是之前拜訪井戶根家的刑警。聽說他們也去過尾苗家。膚色黝黑的四十開外刑警是須藤，年輕一點的方平頭叫津田，兩人都長得一副生活指導體育老師的臉孔。

井戶根和尾苗被吩咐一起坐在沙發上，須藤和津田在對面坐下來。校長和副校長坐在旁邊的沙發，兩名班導站著。

須藤刑警面無表情地說：「不好意思去你們家那麼多次，今天還跑到學校來。可是我們有些問題無論如何都得問清楚。其實要是你們願意主動說出來，那就太好了。」

尾苗反問：「要問什麼？」

津田刑警沒跟他們客氣：「有坂紗奈同學一家的事。你們知道吧？」

「知道。啊，不是，我說知道，意思是知道這件事而已。」

「你知道什麼？」

「就她死——過世了。」

「你還知道別的事吧？」

「……我不知道啊？」

須藤刑警探出身子，目不轉睛地注視著沉默不語的井戶根。「三年級的笹館同學、梶梅同學，二年級的菅浦同學、榎垣同學、鷹城同學，這幾個是你們學長吧？你們平常跟他們很好吧？」

之前刑警上門也問過一樣的問題，當時是直接叫他們的名字，現在加上「同學」，是因為在場還有校長和老師吧。刑警們果然都是只顧著保身的大人。

井戶根小聲應道：「也沒有多好……只是認識那幾個學長。」

「可以告訴我們發生了什麼事嗎？」

班導吉野出聲勸道：「井戶根同學，老師也拜託你，最好誠實面對。」

這話反而惹人反感。連吉野都叫我「同學」？裝什麼禮貌啊？井戶根打從一開始就根本不打算從實招來，見到大人這種態度，更是連開口都懶了。

片刻沉默。須藤刑警嘆了一口氣：「車子燒燬了，但徹底燒光之前，油箱好像先爆炸了。」

津田刑警板著臉繼續說。「地面散落著幾乎沒燒焦的物品，隔天早上警方全部採證回去了，從上面查到了許多線索。」

又是一段沉默。尾苗承受不住寂靜似地，低聲問：「像是指紋……？」

井戶根一陣煩躁，輕踩尾苗的腳，默默叫他閉嘴。尾苗的眼神游移起來。

是在故弄玄虛。把三人搬上小廂型車的後車廂時，佐和橋警告絕對不准碰到車子。井戶根和尾苗都聽從了指示，二年級生們應該也確實遵守了，不可能留下什麼指紋。

須藤刑警冷眼望向尾苗：「不只是指紋，還有嫌犯的ＤＮＡ。人會流汗，指頭以外的地方碰到，也會留下皮屑。」

津田刑警立刻補了句：「還有頭髮。」

只能沉默了。尾苗低著頭，連耳根子都漲紅了。

井戶根的心臟也跳得飛快。不過這一定只是故弄玄虛。要是掌握證據的話，警察不可能還悠哉地坐在這裡說話。

不管對方逼問得再緊，井戶根也絕對不會開口。否則會被笹館他們私刑，甚至被殺。他可不想被吊在死亡滑輪上。

漫長的一段時間過去。鐘聲響了。大人們都露出死心的表情。

須藤刑警乾脆地站了起來。「打擾了。如果想傾吐的話，隨時都可以跟老師說，我們會立刻趕過來。」

津田刑警一副憤憤不平的樣子，也跟著站起來。兩人準備離席。校長和副校長起身，惶恐地深深行禮。

班導吉野和永保用眼神催促。尾苗先起身，井戶根也跟著站起來，但實在沒辦法好整以暇地踱出去，而是匆匆逃出走廊。

兩名班導還留在校長室裡，對校長鞠躬，小聲說著什麼，因此走廊上暫時只有井戶根和尾苗兩個人。

不，正確地說，周圍並非沒人。走在前面的兩名刑警回頭了。可能是知道班導還不會出來，須藤刑警折了回來，津田刑警也跟上他。

直到上一刻還表現得算是彬彬有禮的須藤，這時擺出一張猙獰的神情低語：

「我不會因為你們是高中生，就手下留情。家事法院也一定會同意刑事審判。我絕對會把你們全部送進監獄，走著瞧吧！」

班導們從校長室出來了。兩名刑警轉身從走廊離開。

尾苗一副快哭出來的樣子。井戶根拍拍他的肩，一起往前走。

班導們從後面跟了上來，因此井戶根沒辦法跟尾苗說話，但他還是堅定地傳達意志：不要屈服於威脅，我們沒道理受責備，我們只是把沒路用的一家人燒掉罷了，這哪算得上什麼罪？

7

模仿義大利街景的商城拉齊塔德拉對於川崎當地居民來說，感受不到太多的異國風情。它就像是車站周邊的主題公園，只是稍微時尚一些的一區罷了。而且除了電影院和餐廳以外、健身房和包廂桑拿這些，不是高中生會去的地方。若是拿來當成自拍背景，每一個角度早就被拍到爛了。

一D的中澤陽葵放學後會去的地方，總是只有一樓的淘兒唱片行。寬敞的店內品項十分充實。

但今天她心情緊張。今天是當紅K-POP團體的限定新專輯的發售日，而且是小冊子和貼紙同捆豪華版。Amazon早就沒貨了，因為黃牛導致價格炒翻天。就算是川崎的淘兒唱片行，也不保證就有貨。

陽葵快步往K-POP區走。那一區擺了大型展台，遠遠地就能看見。看板和海報等宣傳裝飾琳琅滿目。不過推車裡早已冷冷清清，一看就知道沒剩幾樣商品。

陽葵連忙想要跑過去，注意到一名站在展台旁邊的女高中生。

她忍不住停下腳步。女生穿的是川崎市立芳西高中的夏季制服，身材清瘦，幾乎就像K-POP女團的成員。頭部看起來精巧無比，腰身纖細，腳修長得驚人。直長黑髮突顯出具透明感的白肌小臉蛋。有著分明雙眼皮的眼睛像貓一樣大，眼稍微微飛揚，正俯視著展台。

女高中生從展台上拿起一張專輯，走向收銀台。陽葵啞然地直盯著她看。長相清秀得驚人，是個出類拔萃的美女。就連背影，也牢牢地吸引人的目光。在學校裡一定也是個風雲人物。

明明是第一次看到的女生，卻不知為何甚至有種懷念的感覺。直到女高中生結完帳，離開店內，陽葵都一直呆站在原地。筆直的背脊，還有模特兒般優雅的步態。那不只是瘦而已，感覺是經過紮實鍛鍊的體型。

女高中生從視野消失後過了好半晌，陽葵驚覺回神，發現一群國中女生正圍繞著展台，歡天喜地翻找專輯，拿去櫃台。

陽葵快步靠近展台，專輯只剩下一張了。她毫不猶豫地撈起來，心中充滿了喜悅與安心。在賣光之前，得到了最後的寶物。

在收銀台結完帳，走出店外。這裡還在商城內。圓形大廳的牆面是玻璃帷幕，可以看見淘兒唱片行店內。她看見兩名懸野高中的男生無所事事地背靠在玻璃牆上，兩人身上的夏季制服都穿得邋里邋遢。只是視野一角瞥見，陽葵就認出那兩人了。

褐色蓬髮的馬臉二年級生菅浦對朋友嘆道：「賣光了耶，怎麼辦？」

大平頭胖子榎垣瞄了陽葵一眼。陽葵加快腳步。兩名不良少年的對話中斷了。

陽葵的背後感覺到兩人瞪上來的目光。

終於離開建築物了。時值傍晚，但七月中旬的這個時期，天色還十分明亮。石板地廣場貌似義大利景觀，但實際上只是川崎車站附近而已。人來人往之中，就算有幾個流氓相的年輕人，周圍的人也只會擺出漠不關心的態度。

不祥的預感成真了。兩人的腳步聲追了上來。菅浦抄到前面擋住她。

「站住。」菅浦攔下她。「我記得妳是一年級的……是叫中澤嗎？」

胖榎垣也上前糾纏：「豬跳舞之一對吧？跳那什麼讓人看了眼睛爛掉的舞。」

菅浦的眼睛望向陽葵的手，從她手中一把抄過淘兒唱片行的黃色購物袋：「妳買什麼？給我看。」

菅浦毫不猶豫地拆開購物袋，抓出裡面的東西。一看到專輯，菅浦的臉亮了起來。

榎垣也歡呼：「賓果！原來最後一張被這隻豬買去了。」

看來兩人是在陽葵去結帳的時候進店裡的。他們一定逛了很多家ＣＤ行。

菅浦詭笑著對陽葵說：「這張給我吧。」

「那個……」陽葵驚慌失措，仍擠出細蚊般的聲音說：「我很困擾……」

「我們也很困擾好嗎？既然已經被妳買走，這已經是二手貨了。中古CD拿去變賣，妳覺得可以賣多少？」

榎垣呸出一口痰：「頂多幾百圓吧。」

「才幾百圓的話，」菅浦緊盯著陽葵不放。「跟免錢沒兩樣嘛。那送給我也沒差吧？想聽歌的話，上網下載就有了。」

膝蓋發顫。這絕對是勒索。她不認為菅浦和榎垣會對專輯感興趣，一定是想拿去轉賣。八成是三年級的笹館指示的。

陽葵無法鼓起勇氣拒絕。以前她只把他們當成普通的不良集團，但現在狀況已經不同了。

殺死有坂紗奈和她父母的，或許就是笹館一夥人。校園裡，這樣的流言甚囂塵上。好像有警察來學校找不良集團問話，可是沒有人被逮捕，難道那不是事實？無法斷定。只是沒有證據而已。

紗奈對菅浦他們擺出堅毅的態度。她一把關上體育館的門。依常識來看，不良集團不可能因為這點細故就殺人，但笹館那夥人不能用常識去揣度。他們的思考很幼稚，只要有一點不順他們的意，立刻就會抓狂。

流言傳出後，懸野高中的學生們都對笹館一夥人畏懼不已，就連老師們都開始敬而遠之。一般來說，這應該會讓不良集團愈來愈孤立，然而笹館他們似乎對於受到畏懼感到愉悅。他們更加旁若無人、肆無忌憚，彷彿已經掌握了全天下。

要是反抗，可能會丟掉性命。因為有這樣的恐懼，每個人都不得不順從他們。也有不少學生露骨地諂媚起笹館等人。也無法期待大人社會出手干涉或加以抑制。因為在這一帶，不良少年的背後有黑道撐腰。

不知道出於什麼心態，總是有女生願意跟不良學生交往。她們是把惡劣與凶暴錯認為男子氣概了嗎？總之是陽葵完全無法理解的思考。

菅浦高高舉起購物袋，確定地問：「我拿走囉？」

口氣不容辯駁。陽葵只能沉默。菅浦就要離開，榎垣也瞪了陽葵一眼，配合菅浦的步調離去。兩人發出高亢的笑聲，在人潮中遠離。

陽葵站著站著，淚水幾乎奪眶而出。是出於懊恨，還是憤怒？連正視自己的感情都讓她不願意。她不想自覺到自己有多窩囊。

舞蹈同好會的朋友們一定會大失所望。視線自然而然落向石板地。陽葵垂頭喪氣，就要邁出步伐。

這時，一只黃色購物袋忽然遮向眼前。

陽葵驚訝抬頭。是剛才在淘兒唱片行看到的芳西高中的女生。她以那雙貓般的眼睛看著陽葵。

「這給妳。」女生面無表情。

這意想不到的事，讓陽葵驚慌失措。她回看女生：「可是這個……不是妳買的嗎？」

「我可以下載。」

「可是……專輯有很多特典……」

「我不是想要特典，只是想聽聽看而已。」

陽葵看向女生的臉。高挺的鼻梁、厚薄適中的嘴唇、小巧的下巴，所有的一切都維持著絕妙的平衡。一雙大眼無比澄澈，以充滿體恤的眼神看著陽葵。

明明應該是第一次見面，但陽葵還是覺得似曾相識，也覺得女生長得有點像紗奈，但一定是她太多心了。用不著細看，臉型五官完全不一樣。而且女生的聲音低沉微啞，態度也莫名老成穩重。一瞬間，她懷疑是不是紗奈的姊姊，但紗奈應該是獨生女。

女生把淘兒唱片行的購物袋按在陽葵胸上，陽葵反射性地抓住袋子，然後女生放手了，陽葵不得不接下來。

「那個，」陽葵惶恐地說。「謝謝，我付錢給妳……」

「不用了，妳已經結過帳了。」

「可是那是……」

女高中生笑也不笑，轉身就要離去。

「等一下！」陽葵連忙叫住她。「不用下載，可以從ＣＤ存到記憶卡之類的……我是懸野高中一Ｄ的中澤陽葵，可以告訴我妳叫什麼名字嗎？」

女高中生不知為何拿起手機，打開資料畫面。上面的名字是江崎瑛里華。

「江崎同學？」陽葵問。「妳幾年級？」

「一年級。」

「啊，那跟我一樣。」陽葵取出手機。「妳有LINE帳號那些嗎？我把ＣＤ的檔案存下來，就連絡妳……」

瑛里華望向陽葵的手：「收起來。」

「咦？」

「袋子最好收起來。萬一被剛才那樣的人發現，又會被搶走了。」

「……說的也是，確實。」陽葵打開書包，把袋子收進去，牢牢地闔上。「我是舞蹈同好會的，我們都會一起出錢買CD，但這次的CD很搶手……」

陽葵抬頭，頓時說不出話來。她四下張望，只見人潮行色匆匆。她在雜沓中定睛搜視，卻遍尋不著江崎瑛里華的身影。

8

一C的植村和真在多摩川景觀公園。他坐在河岸的草地上，對著夾在畫板的圖畫紙揮筆創作水彩畫。天空的雲朵開始染紅了。夏季白晝漫長，但他刻意等待斜陽造訪，在這個時間開始動筆。

當然，紅色愈來愈濃，應該很快就會轉為靛藍。周圍的光線也暗下來了，但只要觀察最重要的色彩，以顏料重現，接下來就能夠全憑記憶完成。也沒必要預先拍照。重現留存在記憶中的色澤，才是創作水彩畫的歡喜。

由於鄰近大海，河面寬闊。海鷗在天空飛舞。對岸的業餘棒球場傳來孩童們的歡鬧聲。下流稍遠處有座鐵橋，不斷地有電車經過。

他不覺得吵鬧，這些都只是悠閒的環境音。河邊的公園雖然被高樓大廈所環繞，但只要眺望河面，就能沉浸在完全沒有閉塞感的風景中。

植村放學後就過來，還穿著制服。到處都可以看到懸野高中的制服，幾乎都是情侶，但也有男學生在玩投接球。其餘就是散步的鄰近居民。有推嬰兒車的母親，還有遛狗的老夫妻。

不知為何，一名其他高中制服的女生走了過來。植村在視野邊角看到她。應該只是要從他附近經過吧，他這麼想，用平筆表現河面的波紋。

女高中生在附近停步，默默地俯視片刻。植村覺得奇妙，仰望那個女生。

一頭烏黑長髮在風中飄揚。白皙的小臉蛋上，眼稍飛揚的大眼占了相當多的面積，目光落在水彩畫上。女高中生沒有特別的表情，喃喃：「好陰暗。」

「……什麼東西？」

「好陰鬱。」她的視線轉往河面。「明明充滿了這麼多陽光。」

「哦……美術老師也這麼說。說我畫風變了。」

「你以前都畫些什麼？」

植村困惑地問：「不好意思，妳是誰？我們不認識吧？」

「我叫江崎瑛里華。」女高中生在旁邊坐下來，把裙子底下的腳彎折起來，就像太長了不曉得該往哪放。「芳西高中一年級。」

同齡的女生毫不猶豫地在他旁邊並坐下來。而且外貌就像模特兒或偶像，是個絕世美少女。

只是那張冷若冰霜的臭臉，散發出難以親近的氛圍。但主動攀談的人是她。

植村遲遲難以和自稱瑛里華的女高中生對望。「妳也畫圖嗎？」

瑛里華搖搖頭：「只會看而已，沒資格批評什麼呢。」

「不會……有什麼感想，是各人的自由。」

植村回想起來，以前他也問過一樣的問題。有坂紗奈感覺很擅長水彩畫。每個人的回答都不同，這是當然的。紗奈已經不在世上了。

電車行駛的聲音莊嚴地響起。瑛里華看著河面：「出了什麼事？」

「咦？」植村更困惑了。「什麼意思？」

「感覺你本來很喜歡畫圖，但現在看起來畫得不太開心。」

植村露出苦笑，心卻寂寥地直往下沉，低下頭去。「嗯，最近發生了很多難過的事。」

「什麼事？」

「妳知道我們學校——懸野高中出的事吧？」

「不曉得。」

植村不由得再次困惑起來。媒體那樣鋪天蓋地報導的案子，最靠近的一所高中的學生居然不知道，這有可能嗎？

不，或許植村是因為認識被害人，所以視野變得狹隘了也說不定。也有人完全不看新聞的吧。就算是附近的高中，或許也不是成天在討論這件事。就算校長在朝會提到，也有可能根本沒在聽。

不管怎麼樣，那件事跟現在身在這裡的她無關。而且他也不願意描述淒慘的案件細節。

比起這些，一股類似衝動的想法在植村內心滋長：「那個……」

「什麼？」

「可以讓我畫妳嗎？」

瑛里華默默地注視植村。

植村慌亂地辯解：「妳不願意就算了。要是妳覺得被冒犯，我道歉。只是……」

植村說不出話來。看到美麗的事物，他就想要畫下來，這是真的。但這樣說，只會讓對方覺得更噁心吧。

然而瑛里華沒有任何感到不愉快的反應。她只是露出憂愁的神色：「但我沒辦法待很久。」

「沒關係，只要讓我素描，之後我可以照著觀察到的畫出來。」

「好。」瑛里華拉開一些距離，重新坐好。「這裡可以嗎？」

植村連忙換了張畫紙，拿起鉛筆。「臉再往這邊轉一點。對，這樣ＯＫ。」

「我是不是不能說話？」

「沒關係。」植村迅速滑動鉛筆，以輪廓線捕捉大略的特徵。他一面自然地動手，一面將視覺捕捉到的細節烙印在腦中。「放輕鬆，不用意識到我，動作不要太大的話，動一下也沒關係。」

在剛開始素描的階段，就精細地描繪眼睛。從黑瞳的中心逐漸朝外側描寫。

為了解除模特兒的緊張，植村以閒聊的口吻問：「妳參加什麼社團？」

「我沒加入社團。」

「這樣啊，那妳的興趣是什麼……？」

「沒有。」

描繪出眼睛的濃淡，大致完成基本後，逐漸刻畫出鼻子的形狀。光線打在薄唇上的深淺，必須正確描繪。這些細節對畫作完成時的印象有著關鍵性的影響。

臉部速寫幾乎完成了。植村的手忽然停住。

一段沉默。瑛里華問：「怎麼了？」

「沒有……」植村忍不住支吾起來。

捕捉對象的特徵，先以鉛筆畫表現。這個模特兒，植村應該是第一次見到，然而看著自己筆下的人物畫，他有了一股奇妙的既視感。面容沒有印象，眼睛也十分新鮮，然而重新端詳整體，印象卻不同了。直到上一刻都完全不這麼想，現在卻覺得有點像紗奈。

植村問：「妳認識有坂紗奈同學嗎？」

「誰？」

植村遲疑，不敢說明。他再次含糊其詞：「沒事。」

感覺相似的人並不罕見。同學們的長相，也能分類成幾種。更何況瑛里華只是更模糊的印象相似而已。一方面也是因為他到現在都還強烈地意識著紗奈吧。當然，他沒有一天不想起她。

忽然，一陣刺耳的引擎聲轟隆響起，打破了周圍的寂靜。每次催油門，噪音就更尖銳。

植村回望堤防上方。一群機車停了下來。領頭的是三年級的笹館，旁邊的是梶梅。都是黑T恤的街頭混混打扮。兩人跨騎在大型重機上，後面跟著許多較小台的機車。有頭髮兩側推高戴眼鏡的二年級的鷹城，還有一年級的井戶根和尾苗。校規禁止學生騎機車，但不良集團才不鳥這些規定。

他們全都俯視著這裡，故意把油門催得震天價響，彷彿在對植村吼叫。

植村不由得緊張起來。他轉向瑛里華。瑛里華一臉滿不在乎，繼續看著河面，擔任模特兒。

植村說：「那個……特徵我都掌握了，接下來我一個人就可以完成了。」

「我可以再陪你一下。」

「沒關係。完成之後可以拿給妳看嗎？可是妳現在先回去比較好。」植村再次回望堤防。因為引擎聲停了。

笹館下了重機，領頭走下斜坡。其他人也仿傚。

不妙。植村慌了手腳。不能讓瑛里華留在這裡，但如果不說明理由，她會覺得我把她趕走，心裡不舒服吧。

植村壓低聲音，匆匆告訴瑛里華：「他們盯上我了，我不想把妳牽扯進來。」

「他們？」瑛里華看著堤防。「他們是誰？」

「最好不要看他們。是我們學校三年級叫笹館的，是不良集團的老大。其他四個裡面，有兩個跟我一樣一年級。」

「無所謂吧？跟我們又沒關係。」

「拜託，他們成天鬧事，而且動不動就打人傷人，也有可能犯下凶殘的案件……總之，妳最好遠離我。」

「好。」瑛里華站了起來。「謝謝你為我著想。」

口氣聽起來冷冷的，不清楚她其實怎麼想。瑛里華完全不透露感情。她轉身背對植村，默默離去。

很快地，不良集團包圍了植村。笹館俯視著他說：「這不是我們學校的制服嗎？」

井戶根點點頭：「他是一年級的植村，就是個廢物。」

「是喔？」笹館蹲下來凝視植村的臉：「剛才那個是你馬子？」

「不是。」植村小聲應道。

尾苗笑了：「這種童子雞怎麼可能有馬子……」

「你閉嘴。」笹館低吼。尾苗的臉繃住，沉默下去。笹館的眼睛再次盯住了植村。

「你認識那女人？」

「剛才第一次見面。」

「知道她叫什麼嗎？」

「好像是江崎瑛里華……」

梶梅對笹館說：「那女的超正的。雖然只瞄到一眼，不過這張圖畫得很不錯。」

笹館的手伸向畫紙：「給我。」

植村僵住了。就算想要拒絕，也全身動彈不得。有坂紗奈一家是遭到笹館一夥人淒慘地虐殺，這樣的流言傳得沸沸揚揚。植村認為可信度非常高。

「喂，笹館。」梶梅一臉受不了。「你要把圖畫紙捲起來還是折起來帶回去喔？很鳥耶？」

笹館的手忽然停住，一臉奇異地看著畫紙。他就像最重面子的不良少年，露出「說的也是」的表情，掏出手機，拍下素描。

「好。」笹館收起手機，扔下畫紙。

鷹城蹙眉：「拿女人的畫像要做什麼？」

「要是再看到就抓起來。既然會閒到一個人在這種地方閒晃，一定是對男人飢渴吧。」

井戶根愉快地說：「就是說啊，居然會搭訕植村這種人，肯定是餓瘋了。」

笹館再次俯視植村：「滾。看了就礙眼。」

筆洗被踹倒，裡面的水流了出來。植村連忙撈起畫具。顏料、畫筆、調色盤、筆洗。在不良學生們的嘲笑中，植村把畫到一半的風景畫和人物畫夾在畫板上，逃之夭夭。

雙手將亂成一團的畫具抱在懷裡，感覺隨時都會掉落。回頭看後面，笹館一夥人在草地躺了下來。搶走別人的地方，似乎讓他們很想耀武揚威。植村覺得他們就像猴子山的猴子王。

他懷著難受的情緒跑上堤防。一來到小徑，懷裡的畫具就灑了一地。路過的自行車嫌礙事地閃避。對不起，植村口中道著歉，撿拾顏料管。

這時，一隻白皙的手伸了過來，一個個撿起顏料管。另一手拿起掉在路上的盒子，依色環的順序將顏料細心地擺回去。

植村啞然抬頭。瑛里華就蹲在附近，幫忙撿拾。

他開始覺得瑛里華很神祕。剛才瑛里華在河邊離去消失了，現在又不知道從哪裡冒了出來。

撿拾完畢，把全部的畫具收進書包裡，兩人站了起來。瑛里華面無表情地細語：「筆洗和調色盤得快點洗乾淨呢。」

「……沒關係，很快就回家了。」植村盯著瑛里華。「謝謝妳對我這麼好。」

「剛才的畫，完成之後再給我看吧。」

「沒問題。我要怎麼連絡妳？」

「你過來這裡，總有一天會遇到。」

植村感到一種被閃躲的落空。其實他想要跟對方交換連絡方式，但瑛里華那張空靈的神情裡，看不出戲弄的意味。

瑛里華問：「植村同學要往哪邊走？」

「我家住南町，先走到車站，在鐵軌另一邊……」

「我陪你走一段。」瑛里華跨步走了出去。

植村懷著難以置信的心情，和瑛里華並肩走在一起。笹館他們從河岸仰望過來，這次倒是沒有氣勢洶洶地跳起來。因為就算現在追上來，只要植村和瑛里華拔腿開跑，就可以輕鬆甩掉他們。很像死要面子的不良少年會做的決定。但他們苦澀的目光糾纏不放。

不知不覺間，夕陽把四下染得一片赤紅。植村看著瑛里華端正的側臉。居然認識了其他學校的陌生女生，這肯定是罕有的經驗。他有種彷彿紗奈回來般的安心感。

9

一D的中澤陽葵放學後被困在了懸野高中。窗外異樣陰暗，下起了傾盆大雨。閃電不時掠過，幾秒後傳來轟隆雷鳴。校內廣播也叫學生在雷陣雨過去之前先留在學校。

也有許多學生在下雨前就已經離開學校了，因此校舍裡沒什麼人。陽葵走在寂靜無聲的三樓走廊。這裡都是特殊教室。舞蹈同好會雖然不是正式社團，但老師同意只是集合討論的話，可以使用多功能教室。

多功能教室就只是大而已，幾乎沒有課桌椅，地板也沒有經過補強。班導說是因為少子化而閒置的教室之一。

陽葵一進去，發現舞蹈同好會的四個朋友全聚在窗邊桌子，圍著看一台平板。熟悉的K-POP音樂小聲傳來。

沒有人抬頭。陽葵訝異地問：「妳們在看什麼？」

四人似乎總算發現陽葵來了。芽依眼睛發亮，向她招手：「快點一起來看，這女生超厲害的！」

什麼什麼？陽葵加入四人。平板螢幕正在播放YouTube影片。一名穿著芳西高中夏季制服的女生正在獨自跳舞。

地點是多摩川的河邊嗎？她在固定的手機鏡頭前兀自不停地舞動。不只是完美重現動作而已，分離動作沒有分毫偏移，節奏感也出類拔萃。Wave一路撓彎到指尖，連一瞬間的鬆懈都沒有。連黑色長髮的擺動也像是舞蹈的一部分。姿勢角度每一刻都美麗絕倫，看起來完全就是職業舞蹈家。

四人對板著臉一路舞蹈的女高中生佩服得五體投地，但陽葵卻是為了不同的理由而驚訝無比。

是在拉齊塔德拉的淘兒唱片行遇到的女生，江崎瑛里華。原來她也跳舞？而且還擁有水準驚人的舞蹈技術。

紬滿面笑容：「帥斃了！她長得好可愛，而且好酷喔！」

結菜也興奮地點點頭：「不只是單純的模仿，感覺每一個動作都加上了自己的詮釋……要怎麼樣才能跳得這麼好呢？鍛練體幹嗎？」

曲子來到最後。瑛里華跳完後，沒有任何招呼，影片直接結束。穗乃香點了一下螢幕，底下是一排縮圖。其他還有各種曲子的舞蹈影片，每一支影片都是這一個星期以內上傳的，然而每一支播放次數都超過百萬，留言欄全是來自世界各國語言的讚賞。頻道訂閱人數也超過了三十萬人。

帳號名稱是ＥＥ。是江崎瑛里華（Ezaki Erika）的姓名縮寫嗎？頭像是瑛里華略略低垂的臉，但這邊的畫質很粗糙模糊。

男團歌曲開始播放。地點一樣是河邊。查爾斯頓步和交叉步的改編舞步也駕輕就熟。優雅、強大和敏捷渾然一體，已經達到了藝術領域。也完全沒有上氣不接下氣或疲累的樣子。

穗乃香語帶驚嘆地說：「太令人敬佩了……看這觀看次數，YouTube的收入也很可觀吧？」

「可是，」紬搔了搔頭。「芳西高中有這個女生嗎？我國中的朋友也讀芳西，她說她完全不知道這號人物。」

芽依也一臉嚴肅地低吟：「我上網到處查了一下，可是這個叫ＥＥ的女生，沒有玩抖音也沒有ＩＧ……會不會只是穿芳西高中的制服而已？」

結菜歪頭納悶地說：「可是影片是在多摩川拍的啊。到底是何方神聖呢？」

陽葵細語：「江崎瑛里華……」

四人一臉驚愕，全都轉頭盯住陽葵。芽依聲音沙啞地問：「什麼！？陽葵，妳認識這個女生？」

「我在淘兒唱片行遇過她。喏，就是去買那張專輯的時候。」

「真的假的！？」穗乃香睜圓了眼睛。「妳遇到ＥＥ本尊了？知道她的連絡方式嗎？」

「不……我本來想問，可是她突然不見了。」

眾人全都一臉失望。芽依嘆息：「陽葵的話，應該不是亂蓋的，可是就算追上去拉住她，也應該要問出她的LINE帳號啊！」

「那時候我又沒看過這影片……」陽葵把內心的感受說了出來：「妳們不覺得江崎瑛里華有點像紗奈嗎？」

室內頓時落入一片寂靜。笑容從四人臉上消失了，只有發窘的眼神彼此交錯。自己這話太破壞氣氛了嗎？確實，有坂紗奈的事，現在幾乎已經成了禁忌。因為想到她，就會讓人無止盡地消沉沮喪。但是站在陽葵的角度，她無論如何都想問問朋友們。

結果紬也露出奇妙的表情：「其實……我也有點這麼感覺。她有點像紗奈對吧？」

「咦？」芽依拿起平板盯著舞蹈影片，幾乎整張臉都貼上去了。「啊……被妳這麼一說，查爾斯頓步的動作或許有點像。苗條的體型也一樣。可是雖然對紗奈不好意思，但ＥＥ跳得好太多了……」

穗乃香搖搖頭：「紗奈也跳得很棒，所以看起來有點像而已吧？而且模仿的都是一樣的K-POP歌手，只要跳得好，自然就會覺得像啊。」

結菜一臉沉鬱：「我不太想聊這個。」

沉默擴散開來。除了陽葵以外的三人都默默表達同意。窗外掠過閃電。雨依然激烈地下著。雷聲撼動校舍。

紬嘆了一口氣站起來：「既然大家都來了，要不要練習一下？反正暫時也無法回家。」

「贊成。」穗乃香同意。

芽依表示困惑：「多功能教室只能開會吧？如果要練舞，需要老師同意……」

「對喔。」紬不知如何是好。「今天體育館也被占用了嘛。」

陽葵走向拉門：「我去職員室問問看。」

她不等四人回話，一個人出去走廊。她被憂鬱的感情攫住了。承受不住尷尬，形同逃走地離開了。

她經過走廊，同時滑手機，在YouTube影片搜尋EE。江崎瑛里華在河岸舞蹈的身姿播放出來。

在小螢幕上觀看，可能是因為臉部細節模糊不清，看起來更像紗奈了。但芽依的意見也是對的。就算是紗奈，舞技應該也沒這麼完美。紗奈的手腳確實纖細修長，但瑛里華的手腳更結實，各種動作都更迅速。

在螢幕上用兩根手指往外滑，擴大影片，臉部變得更清楚。果然明顯和紗奈是不同人。在淘兒唱片行遇到的時候，印象還比較相似。

是自己想太多了嗎？陽葵從手機抬起頭，加快腳步趕往職員室。要是拖拖拉拉下去，雷陣雨都要停了。

來到下樓的階梯前，她不經意地望向走廊旁邊。敞開的拉門裡是美術室。可能是因為窗外天色極端陰暗，室內開著螢光燈。看起來沒有人，桌上散亂著畫材，正中央擺著一幅水彩畫。

陽葵再次受到衝擊。她經過拉門後，煞住腳步，忍不住折了回去，探頭看美術室裡面。

不由自主地走進室內。那裡沒有人。陽葵的眼睛定在水彩畫上。

那是坐在像是河岸草地上的女高中生側臉。穿著芳西高中的夏季制服。毫無疑問，是江崎瑛里華。雖然筆致清淡且氛圍幻想，卻也相當寫實。像貓一樣的大眼，其中透通澄澈的虹彩，與斜陽一同鮮活地重現出來。上面畫的，完全就是在淘兒唱片行見到的瑛里華。

聽到腳步聲，回頭一看，一名男學生提著筆洗現身了。男學生看到陽葵，驚訝地停步。

「啊。」陽葵說。「不好意思隨便跑進來。我是一D的中澤，我記得你是一C的……」

「植村。」男學生應道。「有事嗎？」

「沒有，這幅畫畫得很漂亮……」

「謝謝。」植村走向桌子，放下筆洗喃喃道：「是模特兒很美。」

「這是江崎瑛里華同學吧？」

植村的手忽地停住了。他一臉茫然地看過來：「妳認識她？」

陽葵只能搖頭：「只見過一次……」

「哦。」植村的表情變得柔和。「跟我一樣。我在多摩川景觀公園偶然遇到她，因為沒什麼時間，匆促間只畫下了特徵。」

「畫得很像。」陽葵忍不住微笑。「總覺得好開心。就好像再次見到以為再也見不到的人，好高興……」

「我也是懷著這樣的心情在畫的。光是像這樣看著，就覺得很滿足呢。」

感覺這話充滿了感慨，陽葵覺得植村不只是單純地想要再次遇到美少女而已。這幅畫也依稀感覺得到紗奈的面容，難道植村也在瑛里華裡面看到了紗奈嗎？

走廊傳來吵鬧的腳步聲。制服穿得邋里邋遢的一群不良學生從打開的門闖了進來。是三年級的笹館和梶梅，後面跟著二年級的菅浦、榎垣和鷹城，連一年級的井戶根和尾苗都在。

不良集團在美術室裡散開來。陽葵嚇得縮成了一團，植村也一臉緊張地站著。

菅浦嘲笑地說：「怎麼，豬跳舞也在啊？」

笹館的手伸向桌上，捏起畫了瑛里華的畫紙。「植村，你上次居然敢那麼囂張，你帶著她跑哪去了？」

植村的表情緊繃：「只是回家的方向一樣而已，我們在川崎站附近就道別了。」

「她住哪？」

「我不知道。」

「你瞧不起人啊？」笹館怒形於色，逼近植村。「我問過芳西高中的朋友了，說沒有江崎瑛里華這個人，她到底叫什麼？」

「她真的叫江崎瑛里華。」

梶梅對植村吼道：「王八蛋！再給我扯啊！」

陽葵連忙制止：「請等一下，她真的叫江崎瑛里華，我也遇到她了。」

榎垣皺眉：「豬跳舞，妳少在那裡亂講喔？」

「那天你不是也在淘兒唱片行嗎？」陽葵對榎垣說。「你沒看到她嗎？」

菅浦和榎垣一臉訝異地對望，但似乎毫無印象，兩人都不知如何反應。

笹館煩躁地啐道：「真不爽，哪來的騷女人，居然不甩我們，跟植村這種孬種鬼混。」

植村否定：「我們又沒有……」

「囉唆！我不曉得這女的是誰，可是你不想讓我們碰她對吧？還畫這種畫賣弄。」笹館雙手抓住畫紙，作勢要撕破。

植村上前想要制止，然而還沒碰到笹館，就被肥胖的榎垣從背後架住了。笹館冷哼一聲，又動手要撕紙。

這時，菅浦在窗邊揚聲：「笹館大哥！你看那個！」

「啊？」笹館把紙丟回桌上，走近窗邊。不良集團都跟了過去，瑛里華的肖像畫千鈞一髮逃過了被撕破的危機。

七名不良少年並排在窗邊，俯視著戶外。梶梅疑惑地喃喃道：「那女的在那裡做什麼？」

陽葵也來到不良學生們後面，從擠在一起的背影縫間悄悄窺看窗外。從窗戶可以俯瞰操場邊角和校地外面。豪雨依然沒有減弱的趨勢，閃電照亮了雨絲。

大雨當中，一名女學生正穿過後門離開。不知為何，她沒有撐傘，淋得像落湯雞，甚至沒有提書包。長長的黑髮顯得沉重。瀏海貼在略垂的臉上，蓋住了眼周。貼在身上的衣服凸顯出傲人的身材。苗條而清瘦，讓人聯想到江崎瑛里華，但女生身上穿的是懸野高中的制服，而不是芳西高中的制服。

幾乎沒有學生會走那道門回家。那裡通往老舊的小規模工業區狹縫，是一條左右都是空心磚圍牆的小路。雖然圍牆有時會中斷，但連接的不是廢棄物堆置場，就是雜木林，要走上好幾百公尺才會看到民宅。一路上不僅沒有人影，聽說有時還有遊民群聚。以前發生過幾次色狼出沒的事，因此老師也不建議學生走那裡上下學。

頭髮兩側推高的眼鏡仔鷹城突然歡欣地說：「我這個空手道社的可以打前鋒嗎？」

不良學生們下流的笑聲在室內迴響。梶梅說：「你又發作了，鷹城。你想在這種傾盆大雨裡幹女人啊？」

「就是傾盆大雨，才不會有人打擾啊。那一帶的話，也可以推到遊民身上。」

「你也會淋成落湯雞。」

「我才不會感冒哩。我可是有在練空手道的。而且是黑帶咧。」

不良學生們又笑了。笹館哼了一聲：「再磨蹭下去，那女的要走出巷子了。」

「我一定會追到她！」鷹城轉身跑向拉門。

梶梅調侃：「練空手道的腳程也很快嗎？」

「是！」鷹城的背影消失在走廊。

笹館等六名不良學生發出笑聲，快步出去走廊。似乎是想追上鷹城。跟在最末尾的井戸根朝陽葵和植村啐了一口：「不許告狀啊！」

一夥人的腳步聲遠離了。陽葵嘆了一口氣，植村也精疲力竭地低下頭。

不良學生們肆無忌憚，橫行霸道。這種沒天理的狀況要持續到何時？剛才的女生令人擔心。不是害怕不良學生報復的時候，必須通知老師才行。雖然有沒有大人願意採取行動，實在很難說就是了。

10

二C的鷹城宙翔在樓梯口換上戶外鞋，在豪雨中衝了出去。操場沒有半個人。跑出後門，在巷弄裡奔跑。左右都是老舊的空心磚圍牆，四下彌漫著白色霧靄。

雨滴黏附在眼鏡上，令人厭煩。不過頭髮因為兩側推高，避免了髮絲貼在頭皮上的不適，反而有種在大自然沖澡的爽快感。全身濕淋淋，讓興奮益發高漲。女人應該也是相同的狀況。要把她按在泥水裡，讓她咿呀嬌喊。

小路前方稍微蛇行，因此看不到遠處。來到微妙地偏離直進方向的轉角時，鷹城一陣錯愕，腳自然地停住了。

不遠處的前方，站著剛才的女生，正面朝著這裡。濕淋淋的瀏海垂下，就像壓低的帽簷般遮住了眼睛。女學生緩緩移動，進入圍牆縫隙間的旁邊土地。

那顯然是意識到鷹城的行動。似乎是聽見了他追上來的腳步聲。為什麼要離開道路？而且連傘都不撐，在豪雨中離開學校，是有什麼理由嗎？

鷹城覺得不重要。比起那些，濕成半透明的夏季制服、吸飽水分的裙子貼在大腿的線條，讓鷹城的欲望開始失控。其他理由事後再說，現在的他只想享樂子。除此之外，他什麼都無法思考。

鷹城再次往前衝。笹館他們還沒有追上來，鷹城只有一個人。來到女生消失的圍牆縫隙處了。他警覺地探頭看裡面。

裡面是廢車場。雖然散布著鐵皮小平房、組合屋及水槽狀的設備，但每一樣都破破爛爛，大部分面積都被形同廢鐵的車輛占據了。生鏽的車身堆積如山。地面是裸露的泥土，現在已經化成一灘泥濘，到處形成水窪。

女高中生站在廢車的山谷間，身體一樣對著這裡，但微微低頭，並未直視鷹城。

她是什麼意思？難不成是在勾引我？笹館說，常有女人慾火焚身，投懷送抱要笹館跟她們搞。鷹城以前聽了都沒當一回事，覺得就是帥哥在吹牛，但搞不好自己也遇上了這種好康。這個女學生似乎主動希望被陌生男人蹂躪。

鷹城走進廢車場。以性交為前提被視為雄性看待，感覺還不賴。鷹城悠哉地走近女學生，放聲說：「想要人疼，何必挑這種亂七八糟的地方……」

難以置信的光景，讓鷹城的認知無法跟上，只是怔愣在原地。女學生突然衝了過來。而且是以異常的爆發力、沒有多餘動作的衝刺，一口氣拉近了距離。要撞到了！就在鷹城這麼想的前一刻，硬物凶猛地打擊上來。面部和胸部同時遭遇重擊，眼前彷彿爆出火花。近似痲痺的劇痛擴散開來，腳下一陣踉蹌，鷹城再也站不住，頹倒下去，整個人摔在水窪裡。

襯衫和長褲吸了滿滿的泥水，不快和冰冷覆蓋了全身。鷹城湧出強烈的憤怒。他屁股跌坐在地，仰望女學生：「臭婊子……」

這時鷹城凍結了。眼鏡彈飛，視野變得極度模糊，連站在附近的女學生的臉都看不清楚。女學生清瘦的身子左右垂放著修長的兩隻手，兩隻手都是空的，連根棒子也沒有。那，剛才那堅硬的打擊是怎麼回事？

女高中生抬起一腳。鷹城只能在一晃眼的工夫認識到這件事。隨著強烈的風壓，鞋底逼近眼前，他從鼻頭硬生生被踹了一記。他完全無法掌握女高中生的腳是怎麼活動的，就縱橫連續吃了幾記飛踢。動作實在太快了，他甚至無法後退。每當臉頰和下巴的骨頭被踢碎，尖銳的聲音就在內耳迴響。

頭部以上失去功能了。連眨一下眼睛都辦不到。甚至連雨珠打在身上的感覺都逐漸麻痺了。視野一片白茫，暈頭轉向。在持續不斷的耳鳴聲中，只有自己的呻吟沉悶地作響著。聽覺也靠不住。血腥味在口中擴散開來。

嘴唇和舌頭總算勉強能動了，鷹城吐出卡在喉嚨的痰。他搖搖晃晃，吃力地站了起來。唯一確實的，就只有意識一片朦朧。鈍化的五感也遲遲沒有恢復，但手腳還能動。握住拳頭，有使勁的感覺。並非肉體的每一個角落都麻痺了。

依稀看見的女學生的臉，依然瀏海垂下，蓋住眼睛。居然連正眼都不瞧人一眼，完全把人給看扁了。

怒髮衝冠。鷹城任由憤怒驅使，使出空手道的突技。比賽中規定必須「寸止」——點到為止，但打架的時候他都一定把對方的鼻梁打斷。現在他也正準備這麼做。把妳的臉打到再也不能見人。

然而女學生的雙手就像彈簧機關，瞬時彈起，把鷹城的手往兩側撥開。

這是鷹城第一次能意識到女學生的肉體動作。用手撥擋突擊，這毫無疑問是空手道的技巧之一。換句話說，女學生並未做出無法理解的動作，只是她的動作快得非比尋常罷了。

然而，鷹城能夠認知到的也就這樣了。即使明白對方使出的是人類能力範圍內的技巧，還是一樣追不上速度。女學生的手刀就像瘋狂的擂鼓，左右招呼上來。手刀砍進脖子、側腹，力道形同用木刀全力劈砍。又傳來骨折的感覺。彷彿有高壓電流過神經，強烈的麻痺襲擊全身。接著女學生的膝踹深深地鑽進鷹城的肚腹，他連續不斷地遭受了數發重踹。也許是內臟破裂了，嘔吐感翻攪而上，鮮血噴出口中。然而女學生在被血噴到的前一刻，從鷹城眼前消失了。

冷不防地，被車撞一般的衝擊貫穿了全身。鷹城整個人彈向後方，悟出是額頭吃了一記女學生的飛踢。背部撞在鐵柱上。這或許是廢車場的設備。全身的關節已經失去了反應。鷹城滑下鐵柱，再次一屁股跌坐在水窪裡。

口袋裡的手機彈了出來，掉在手搆不到的距離。沒辦法向同伴呼救了。

女學生再次站到正面，右手以子彈般的高速射來，一把擒住鷹城的喉嚨。女學生沒有掐他的脖子，而是以指頭左右用力壓迫喉結，指甲插進皮肉，就這樣直接把喉結扯斷。鷹城目睹噴發的鮮血，還有自己的肉片。

連叫聲都發不出來了，只剩下漏氣般可悲的聲響。無比的恐懼讓他全身的血管凍結。無法承受的痛楚、嘔吐感、窒息感同時襲向了他。這是地獄。淚水湧上模糊的視野。女學生看起來宛如置身濃霧。鷹城無力地揮舞雙手，女學生立刻一把抓住那雙手，像老虎鉗一樣捏碎。手指骨全部碎光了。沒有尖叫，取而代之，噴出氣管的呼氣奏出笛聲般尖高的聲響。

女學生摸索鷹城的胸袋，拿走了十八K金的ZIPPO打火機。妳要都給妳，放我一馬吧——即使想要如此懇求，也發不出聲音。女學生垂直跳起，發出毆打金屬的沉悶聲響。瞬間，大量的液體從鷹城的頭頂傾注而下。

不是豪雨。液體濃濃地散發出嗆鼻的揮發性氣味。一定是汽油。女學生手無寸鐵，然而她空手朝鐵製儲水桶一刺，就讓它開了洞嗎？鷹城全身淋滿汽油，卻無法離開。他連站都站不起來了。

閃電將女學生的身體照得煞白。依然看不見她的眼睛。她甚至連大氣都沒喘一下。女學生點燃打火機。因為是燃油式打火機，只憑雨勢難以讓火熄滅。

鷹城哭喊著制止。不，正確地說，他努力想要哭喊，然而發出來的只有漏氣的聲音。被劇痛籠罩的全身，連一公厘都動彈不得。呼吸不過來，好難受。

什麼死亡逼近時，意識會變得稀薄，根本是胡說八道。恐懼膨脹到難以承受的程度，逐漸支配整個大腦，怎麼樣都無法逃離絕望。最慘烈的苦悶永無止境地持續著。

點了火的打火機被扔向鷹城。鷹城的氣管發出尖銳的哮鳴聲。很像水壺沸騰時的聲音。這成了鷹城死前的慘叫。

閃光覆蓋了視野。鮮紅的火焰一口氣籠罩全身。與其說是燃燒，更像是酷烈的灼熱侵蝕著肌膚。肉體組織逐漸融化、燒爛。先前的劇痛根本是小兒科。鷹城只是不停地翻滾扭動。

這一刻他依然害怕著死亡。太殘酷了。為什麼我會遇到這種事？就因為我素行不良嗎？我又沒做出多壞的事。可是如果還是無法被原諒的話，我道歉就是了，放過我吧！鷹城想要傾訴的就只有這些，可是他連話要怎麼說都想不起來了。反正也叫不出來，即使想到了也毫無意義。

熊熊燃燒的火焰另一頭，他看見女學生的身姿搖曳著。就算想要伸手也碰不到。他根本絲毫動彈不得。全身逐漸炭化了。已經沒救了。

鷹城陷在永恆的地獄中，逐漸斃命。這裡不可能有緩慢且安寧地淡出的生命。他遭到等同於上億次的夢魘一口氣蹂躪。但不管再怎麼痛苦掙扎，他都不會再醒來了。這就是鷹城的人生終結。

11

一Ａ的井戶根在最後面拚命奔跑，免得落後了笹館率領的一群人。有時腳踩進水窪裡，濺出水花。褲子一路濕到膝蓋，但他沒空管這些。

井戶根並非腳程特別慢，但他不能超過二年級生。而且小徑的左右都是空心磚圍牆，也無法並排奔跑。拉成長長的縱列，一年級生自然就落在最後尾了。

他們等到雨勢轉弱了才出發，因此沒有人撐傘。領頭的笹館頭也不回地交代：「留意周圍，萬一有人就麻煩了。」

跑在前面的胖子，二年級的榎垣轉過來：「喂，後面怎麼樣？」

「沒問題。」井戶根回應。「沒有人跟上來。」

確實要是有旁人，問題就大了。鷹城學長可能已經把女人剝光了。先不論天黑以前能不能分到一杯羹，光是在一旁觀賞，也算是一種享受。要是被打擾就太掃興了。

「欸，」同樣一年級的尾苗抽動鼻子說。「有沒有聞到味道？」

「嗯……」井戶根同意地喃喃說。「是之前聞過的味道。跟在逗子聞到的味道一樣……」

是汽油的味道。發現這件事，井戶根忍不住頭皮發麻。雨水奪走了體溫。在漆黑的山中熊熊燃燒的車子、撲面而來的熱風、有坂紗奈的慘叫。那驚心動魄的景象掠過腦海。

學長們也放慢了步伐。三年級的梶梅對笹館說：「好像不太妙？有人在哪裡燒汽油嗎？」

笹館停在巷弄中間，東張西望，拉開嗓門：「找出來！看一下附近圍牆的隙縫！」

眾人散開來。二年級的菅浦以手指圍成圈吹口哨：「鷹城！你在哪裡！」

井戶根沿著圍牆遊蕩。他覺得氣味愈來愈濃了。來到圍牆的隙縫之一，探頭看裡面。

是廢車場。好像沒有人。地面排水很差，一片泥濘。隨著撲面而來的風，飄來嗆鼻的濃烈惡臭。

那裡彌漫著某種異樣的氛圍。井戶根凝目細看。用地深處，鐵製瞭望台上有一個生鏽的水槽，側面開了個洞。難道是那裡漏出了汽油？廢車場怎麼會儲存汽油？

底下倒著一團漆黑的物體，看起來像炭化的木材。是生火堆的痕跡嗎？可是有點……

井戶根更仔細地凝視，終於看出了像是人體的形狀。他反射性地驚叫：「嗚哇！」

學長們紛紛回頭，同時跑了過來。笹館不耐煩地問：「怎麼了？」

「那個……」井戶根伸手指去。

笹館臉色大變。井戶根知道他倒抽了一口氣。笹館咂著舌頭，把身體往前擠：「讓開！」

井戶根被趕到旁邊，學長們陸續進入用地裡，剩下的尾苗以眼神示意井戶根先走。井戶根也不想進去，但要是被發現他是猶豫而太慢進去，到時會被學長們私刑。他連忙跑進圍牆縫隙裡。

井戶根拚命追趕跑過泥地的二年級生背影。一行人聚集在高架水槽下方。

三年級和二年級都一臉茫然地俯視著地面。井戶根在極近的距離看到了那東西。

剛才遠遠地看到時，他忍不住戰慄，那絕對不是自己嚇自己。仰躺在那裡的，是一具炭化成漆黑的骸骨，還散發著焦臭味，火似乎才剛熄而已。腦袋微傾，手腳留下掙扎的痕跡。雙手的手指失去肌力，徹底張開。眼前骸骨的樣貌，逼迫人認清一個事實：要是衣服和皮肉全部燒光，只剩下骨頭，只要是人都會變成這副模樣。

頭骨還殘留著一些頭髮，燒焦的皮膚也還有部分黏附在上面。看得出皮膚上的體毛。肋骨裡面一樣染成一團漆黑，有著貌似半固態的物體。一定是內臟。

一陣嘔吐感襲來，井戶根轉向背後，反射性地蹲了下來。他快吐了。

附近的尾苗也做出一樣的前屈姿勢，已經吐出來了。混濁的胃部內容物在泥濘上灑了一片。

二年級生也都一臉畏懼地後退。三年級的笹館和梶梅依舊維持強悍的態度，停留在原地，但兩人都用手摀住了鼻子。

梶梅顫聲喃喃：「怎麼會變成這樣……」

笹館毫不掩飾暴躁：「女人呢？找出來！」

然而這次沒有任何人行動。二年級生都露出驚慌失措的模樣，彼此靠在一起。菅浦以滿懷恐懼的聲音說：「笹館大哥，待在這裡不妙啊！」

和鷹城同年級的兩人完全不為朋友的死感到遺憾，他們只是嚇壞了。胖子榎垣也面無人色，惴惴不安，驚恐地東張西望。

也難怪他們會有如驚弓之鳥。不可能是剛才的女學生一個人幹了什麼。或許有黑道、或其他學校的不良集團躲藏在附近。

沒有眉毛的尾苗眼睛微微泛淚：「是鶴見那夥人幹的。」

菅浦呼應：「沒錯！就是鶴見他們！是為了報復我們之前教訓了他們兩個人。」

川崎的不良集團，長年來與橫濱市鶴見區類似的集團勢如水火，但鶴見那邊的生活應該比川崎這裡舒服不少，因此不太會亂來，這可以說是他們的特色，這樣的他們有可能突然幹出如此殘暴的事來嗎？

腦中那一幕怎麼樣都揮之不去。井戶根茫茫然地想起在豪雨中從後門離開的女學生的背影。一頭長長的黑髮、清瘦的身子。簡直就像女鬼。

榎垣聲音沙啞：「得先撤退才行。不曉得鶴見有多少人大舉殺過來了。」

「沒錯。」梶梅也表情緊繃地點點頭。「既然都能把鷹城虐死了，一定帶了很多人，咱們應付不了。」

嘴上說得煞有介事，但其實眾人應該都依稀發現了。周圍根本沒有人。但要是自亂陣腳，身為不良分子的面子會沒處擺。撤退需要冠冕堂皇的理由。既然鶴見那裡的人成群結黨，卑鄙地偷襲，暫時撤退也絕不能說是懦弱之舉。

菅浦在附近的地面蹲下來：「笹館大哥，你看這個。是鷹城的。」

他高舉的手上握著焦黑的ZIPPO打火機。是鷹城愛用的十八K金打火機。笹館憤憤地走過去，一把抄過打火機，遠遠地扔了出去。廢車山裡敲出細微的金屬聲，迴響了一陣。

「混帳東西！」笹館喝道。「不要亂撿這種東西！」

然而梶梅露出憂慮的神色：「笹館，你剛才抓那一下，不就留下指紋了嗎？」

笹館的表情僵掉，苦澀地盯著菅浦。菅浦歉疚地別開目光。

「撤退。」笹館催促眾人。「回去學校。動作快。小心周圍，不曉得有誰躲在什麼地方。」

二年級的菅浦和榎垣第一個跑向小巷。梶梅臨去之前回頭說：「你們兩個一年級的，把打火機找出來。」

井戶根和尾苗都怔住了。三年級和二年級生匆匆離去，消失在空心磚圍牆另一頭。就連笹館都頭也不回，離開了廢車場。

就算尾苗沒有眉毛，他那一籌莫展的表情也是一目瞭然。尾苗發著抖，細聲說：「什麼找打火機啦……」

被扔出去的打火機，掉落在廢車山的某處。要是到處亂找，豈不是會在各處留下一堆指紋嗎？

遠遠地傳來警笛聲。尾苗驚恐萬分地看向井戶根：「井戶根……」

井戶根點點頭：「我們也回去吧。哪可能傻傻地真的找什麼打火機。」

兩人同時跑了出去。他們沒有全力奔跑。要是在巷子被學長們抓到，會被命令折回去找打火機。最好相隔一段時間再回去學校。

長髮清瘦的女子。鷹城學長被汽油燒成了焦屍。把這兩件事跟逗子的事聯結在一起，未免過度自驚自嚇，根本是窩囊廢。但眼睛看到的一切就是事實。井戶根不願深思。能夠的話，他想忘掉一切。氣味會滲進身體裡面。井戶根現在真想被瀑布般的豪雨沖個乾淨。

12

雨停了。雲間射下橘色的陽光，一片晴朗，直到上一刻的雷陣雨就像一場夢。距離日落還有一段時間。泛著靛藍的天空，每個角落都平靜通透得近乎詭異。

四十一歲的須藤顯正巡查部長人在懸野高中後方的廢車場。周圍一片嘈雜。從圍牆的縫隙到裡面，擺上了一整排木棧板。穿著藍色制服的鑑識課人員在那裡進進出出。

一身西裝的須藤停留在出入口附近的棧板上。要進去裡面，必須戴上拋棄式頭套，避免毛髮掉落。他討厭戴那鬼玩意兒。

一群藍色制服的人持續在設了水槽的高台底下調查火災殘骸。從這裡沒辦法看到採證狀況。周邊全被水藍色塑膠布蓋起來了。

這處設施的管理業者，似乎把解體的汽車油箱裡剩餘的燃料抽出來，儲存在一處。這個做法本身有觸法之嫌，不過這件事是由其他警察負責，川崎署生活安全一課偵查人員須藤要調查的完全是殺人案。

另一名便服刑警從棧板走了過來。方平頭整個被塑膠頭套罩了起來，西裝外面也套了件塑膠衣。

須藤出聲：「怎麼樣？」

三十後半的津田良純巡查回應：「太慘了。跟逗子一樣，只剩下燒焦的骨頭。」

「在那場豪雨中燒成那樣？」

「因為汽油並不是只燃燒液體本身……」

「我知道，揮發的氣體會燃燒。油會浮在水上，所以就算全身濕透，火勢也不會減弱。」

資深鑑識課人員、五十多歲的阿武走了過來。須藤向對方行禮：「辛苦了。」

阿武停步：「死者的骨頭有些奇怪，就像被車子輾過一樣，斷了好幾處。死前應該是內臟破裂的狀態。」

須藤覺得奇妙：「被燒死之前嗎？附近有沒有輪胎痕跡……？」

「沒辦法，雨下得太大了，找不到輪胎印和鞋印。頭髮和血跡那些跡證全都被沖得一乾二淨了。」

「查得到身分嗎？」

「這不是發生在密閉狀態的火災。就算是汽油造成的燃燒，頂多也就三百度，所以可以從骨頭鑑定DNA，牙齒也都完整保留了。一眼就看得出還很年輕。是高中生嗎？」

「嗯，有接到報案，大概知道是誰。」

須藤只是想求證一下而已，不過那應該就是鷹城宙翔不會錯。現場附近的地面發現他掉落的眼鏡。

須藤向阿武道謝，和津田一起從圍牆縫隙走出小巷。巷弄裡也安排了大量的制服警官。等津田摘掉塑膠帽和塑膠衣後，兩人走向學校。

直升機的巨大聲響從天而降。須藤仰望頭頂。數架媒體的直升機在上方盤旋。

須藤一陣憤恨，氣沖沖地說：「果然是那夥不良分子幹的。不是悠哉地問什麼話的時候。」

走在一起的津田表示同意：「有坂一家的死亡現場不巧是在逗子署的轄區，這實在……搜查本部也設在那裡，縣警還扯什麼有可能是全家自殺，明明屍體有外傷。」

「縣警插手就會這樣。道府縣警察只會把破壞神奈川形象的責任推給轄區。咱們川崎署就是絕佳的靶子。」

「咱們這裡的治安實在稱不上好嘛。」

街頭犯罪、賣春賭博、外國人犯罪、組織犯罪，這裡是縣內犯罪量首屈一指的地區。也有許多幫派事務所設在此地。須藤哼了一聲：「所以才應該聽我們的意見才對啊。」

逗子署的治安意識之差也教人氣憤。川崎署轄區這裡，街頭監視器天羅地網，但逗子那邊完全不同。對於進出現場山中的車輛，居然連個錄影畫面都找不到。車號辨識系統也不管用。受到黑道保護的川崎市的不良集團，都會把機車車牌扭曲變形，或是用假車牌變換號碼。

兩人走進懸野高中後門了。無人的操場各處殘留著水窪。把媒體趕出去是對的，但直升機應該會一路飛到天黑吧。未成年人的犯罪棘手到家，必須掌握十足的確證，否則反而會助長有人權團體撐腰的律師的攻勢，落得放人的下場。

走進校舍樓梯口。如同事先連絡的，校長和副校長在那裡等他們。也有幾名班導，還有笹館等六名不良集團的成員。他們還是一樣，一臉吊兒郎當地站著，一看就知道是在虛張聲勢。雖然面露怯色，但當然沒有半點反省的樣子。

教師們紛紛低頭行禮。校長惶恐地用手帕擦拭額頭的汗水說：「這次真的是，出了這麼嚴重的事，驚動警方……」

「哪裡。」須藤問：「鷹城同學的家長呢……？」

二C的班導、上了年紀的男老師及川說：「鷹城同學的母親在職員室。」

鷹城的父母離婚了，監護人只有母親一個人。須藤轉向不良學生們：「我們也會請你們的家長到警署來。」

笹館一臉不滿：「等一下，叫我們爸媽幹嘛？」

「在店裡偷東西被抓就要叫家長了，今天的事，更不是偷東西可以相提並論的，你懂吧？」

「懂屁啊，我們趕到那裡的時候，鷹城早就死了耶？」

「你是想證明自己不在場？才高三的學生，很會嘛。正常人朋友死掉，應該會難過的要死吧？你們卻連一點沮喪的樣子都沒有，只顧著擔心自己？」

「不知道的事就是不知道啊！」

「在這所高中，這已經是第二個學生死掉了。有坂紗奈同學和她的父母一起被淋上汽油燒死。今天是你們的同夥，鷹城被淋上汽油燒成焦屍。照這個情況，連有坂同學的事，都得好好再盤問你們一次才行。」

「怎麼會是這樣？只是兩邊都被汽油燒死而已吧？」

津田厲聲吼道：「這樣就夠了！雨下得這麼大，鷹城在外面做什麼？」

「誰知道啦？」

「他尾隨女生，想要攻擊人家對吧？那個女生是哪一年哪一班的誰？」

不良學生的二把手、三年級的梶梅抗議：「哪有這種事？誰說的啦？」

一D的中澤陽葵透過老師報警了。但要是說出這件事，可能會讓告密者曝露在危險當中。須藤立刻說：「全校舍的窗戶都看得到後門，你以為會看外面的就只有你們嗎？」

梶梅苦著臉沉默了。其他不良學生也一樣。

須藤對校長悄聲說：「學校應該會召開記者會，不管記者問什麼，都說警方正在調查。其他學生的心理輔導，也拜託校方了。」

「是，這是當然……」

「這裡的六名學生會是重點調查，也可能會在下課時間請他們配合問訊，請校方協助。」

笹館不耐煩地說：「喂，刑警先生，如果沒有強制力，我們可要拒絕配合。」

須藤懷著冰冷的心情轉向笹館：「我就當成高中生耍蠢胡說八道，這次不跟你計較。我也會交代你們父母，放暑假以後，不許你們離家太遠。除非你們坦白招出來，否則別想要自由了。」

「是要叫我們說什麼啦！」

「很好，繼續耍狠吧。乖孩子就別在路上鬼混，快點回家。我們會再連絡。」

笹館想要衝向須藤，但其他不良學生們攔下了他。比老師們反應還要機靈嘛，須藤諷刺地想。因為大人們以校長為首，每個人都像石像一樣呆在原地。

須藤走出校舍，津田也跟了上來。四下一片昏暗，暑熱也逐漸緩和下來。兩人同時仰望黃昏前一刻的天空。媒體的直升機亮起燈號。

津田小聲說：「須藤大哥，鷹城尾隨的女學生是……？」

「不曉得。」須藤嘆氣喃喃。「問老師，沒有人知道，消失到哪裡去了也不清楚。照這樣子，暫時別想好好睡覺了。」

13

笹館麴在國二的時候，用金屬球棒打了態度讓他不爽的同學。因為被送進少年觀護所，他不僅沒有改過更生，更是結交了一堆壞朋友。他開始投靠川崎區南町一帶的黑道，受到阿巖照顧。上了高中以後，他加入飆車族，升高三的現在，已經成了不良集團的老大。

實際上，也有許多青少年的父親就是黑道，讓他們自幼就有了親近黑道分子的環境。這也是這個地區特有的優點。雖然必須靠勒索搶劫籌錢上繳規費，但可以盡情利用黑幫經營的俱樂部。儘管是有小姐陪客、未成年人不得進入的高級酒家，笹館他們卻可以自由進出。夥伴間稱其為「社團活動」。

拉齊塔德拉後方，泡泡浴街裡的俱樂部「喬治亞」，笹館和夥伴們正坐在包廂裡。店內相當陰暗，只有黑光燈發出青白光芒，即使坐著未成年人，也不怎麼引人注意。不過他們也不是穿著制服。來這裡的時候，所有的人都會換上街頭系穿扮。

每個人酒都喝得有一搭沒一搭。店內音樂熱鬧滾滾，卻只有笹館這群人的座位氣氛像在守靈。

說到守靈，他們被拒絕參加鷹城的葬禮。鷹城的母親是酒家女出身，和黑道丈夫離婚後，便以良家婦女自居。她好像嚷嚷著兒子是被笹館害死的。但就算現在才擺出母親的嘴臉，也抹消不了她從來不關心兒子素行的事實。否則對於有坂紗奈一家遇害的那天兒子是否外出一事，她不可能回答得含糊不清。警方一定也在埋怨酒鬼的供詞毫無可信度。

褐色蓬髮、一張馬臉的二年級菅浦一直垂著頭。笹館叫他：「菅浦，你今天不喝嗎？」

「啊，沒有。」菅浦把啤酒倒進杯裡。「那個怪女人，應該用手機拍下來的。」

「現在說這些都沒用了。我已經設法了，真登香她們很快就會……」

這時傳來年輕女人的聲音：「阿麴。」

笹館回頭。染了一頭金髮、濃妝艷抹的真登香站在後面。她直到去年都還是笹館的同學，退學後就一直遊手好閒，算是笹館的女人之一。真登香帶來的是三C的朱美和二B的清美，兩人都還是在校學生，但放學後就換上了典型的辣妹打扮。頭髮燙鬈，全身飾品戴得琳琅滿目，衣著曝露。朱美是梶梅的女人，清美和菅浦在交往。

三人帶來了一個神色不安的女生。女生穿著懸野高中的制服，一頭黑色長髮，身材乾癟，書包緊緊地抱在胸前，害怕地縮得小小的。

真登香說：「她是二A的間島亮子。你們說的頭髮長度、身材和身高，符合的女生就只有她了。我硬把她拖過來的。」

沙發上的梶梅看了女生的臉一眼就抱怨：「根本不是嘛。丟出去。」

「等一下。」笹館盯著亮子看。「坐。」

確實和他們在找的女生截然不同，但亮子也算是有點姿色。眼神溫婉，嘴唇圓潤，充滿了純潔無垢的稚氣。他已經漸漸玩膩潑辣的辣妹了，偶爾養隻順從的貓咪也不錯。

菅浦讓出旁邊的座位。梶梅、榎垣、井戶根、尾苗也跟著往旁邊移。朱美偎在梶梅旁邊，菅浦也搭住清美的肩。真登香一臉不滿，和亮子一起坐在笹館兩旁。

笹館問亮子：「妳沒來過這種地方吧？」

亮子低著頭小聲回應：「沒有……」

「別怕成那樣。真登香強迫妳來，不好意思啊。我們正在找人啦。妳有沒有在校內看過髮型跟妳類似的女生？黑色直長髮，長度跟妳差不多。」

亮子不敢抬頭，只是搖頭。

真登香粗聲粗氣地說：「妳啞巴啊？是還是不是！」

「吵死了！」笹館對真登香吼道，眼睛依然盯著亮子。他抓起亮子顫抖的手，用力握住。「我可以叫妳亮子嗎？既然認識了，就當我的馬子吧。」

亮子不安地眼神游移：「我很為難……」

笹館一把抓住亮子的後頸，使勁扳直她的身體。亮子震了一下，上身後仰。

「給我說『好』。」笹館沉聲說。「我想要什麼，什麼就是我的。」

他突然親吻亮子的嘴唇。只有梶梅像平常那樣哈哈大笑，其他人還是一樣沉默著。真登香咂舌的聲音響起。

笹館離開亮子的臉，亮子的眼睛噙滿了淚。笹館忍不住賊笑起來。好像是沒經驗的處女，趁新鮮帶去哪裡幹一炮嗎？

這時突然傳來吼聲：「喂！不許隨便進來！」

笹館驚覺抬頭。同伴們也同時回頭，眾人全都露出驚愕的反應。

幾個包厢座的峽谷間，一名女學生沐浴在黑光燈底下站著。她穿著懸野高中的制服。光線昏暗，而且背對光源，因此臉部一片漆黑，無法辨識，但她的體形一眼就讓人認出來了，是豪雨中走出後門的那個女學生。

服務生怒目大步走近女學生背後：「滾出去！這裡不是未成年小孩沒有介紹就

能闖進來的地方……」

然而女學生人對著笹館，瞬間朝正後方使出了奇高的一記踢踹。裙襬揚起，閃電般的後踢命中了服務生的臉。木材折斷般的聲音響徹四下。面部或許骨折了。服務生倒向後方，撞到客人的桌子時，女學生已經恢復成原本的直立姿勢，雙腳牢牢地踩在地上。

服務生連桌掀倒，酒瓶杯子散落並碎了一地，小姐們尖叫連連。三名服務生臉色大變地跑近女學生。雖然這是一家黑道經營的俱樂部，但員工不一定都是混混流氓。不過為了應付惡質的客人，挑選的都是一些熊腰虎背的男人。一名光頭粗脖子的服務生從正面、另外兩人從左右撲向女學生。

然而女學生的腳就形同轟出去的砲彈，把靠近的男人們一個個踹飛了。而且她的腳就像鞭子一樣，呼嘯著踢出去。每一踢命中，就傳出硬物碎裂的聲響。服務生們噴出鼻血，一個個被踢到半空中，撞倒店內的擺飾或桌子，再次驚天動地地擴大破壞規模。

店內陷入恐慌。小姐們發出尖叫，同時開始逃難。其他包廂的客人也倉皇逃竄，儼然一副阿鼻地獄景象。除了笹館那夥人以外，所有的人都殺向門口。

女學生筆直朝這裡走來。梶梅抓起啤酒瓶，率先衝了上去：「這臭婊子！」

然而女學生一腳朝前方彈起，結結實實地踢在梶梅抓著啤酒瓶的手上。準頭正確得可怕，動作也迅速得嚇人。酒瓶砸向梶梅的額頭，炸開一般碎成片片。梶梅慘叫，雙手按著頭跪下。

包廂的笹館同夥全站了起來。真登香和井戶根手忙腳亂滑手機，想要把鏡頭轉向女學生，但手抖得太厲害，似乎無法順利操作。就在他們磨蹭的時候，女學生又猛然使出迴旋踢。連站在遠處的笹館都能感受到那股風壓。被踢中下巴的真登香和井戶根像漫畫一樣飛過空中，摔在地上。

一臉害怕地杵在原地的菅浦，鼻子也中了強烈的一踢，整個人往後翻，全身撞在桌子上。就連巨漢榎垣，下巴一被踢中，也整個人垂直飛起，腦門撞破了上方的燈具。落下之後，便無力地癱倒在沙發上了。

逃過一劫的只有第一個逃走的朱美和清美，還有在沙發上縮成一團的間島亮子。女學生抓住亮子的手，使勁把她拉起來。臂力大得可怕。女學生把驚訝的亮子推向背後。亮子不知所措，但還是往門口逃走了。

女學生重新轉向笹館。就算是笹館，也沒辦法繼續逞強了。他只能懷著全身起雞皮疙瘩的感受往後退。但逼近而來的女學生背後毫不設防。井戶根握緊剪刀，從後面跑了過來。

刺她的背！笹館在心中默念，然而井戶根追到女學生後，居然抓住她的長髮，想要用剪刀剪斷。

搞什麼啊！笹館內心升起一股暴躁。女學生回頭轉向井戶根，井戶根的表情僵住了。

對笹館來說是逆光，但井戶根似乎正視到黑光燈底下的女學生的臉了。

井戶根整個人驚嚇地定住了。女學生一踢，剪刀從井戶根手中飛走。第二下側踢，腳陷入井戶根的肚子，井戶根撞上玻璃酒架，全身灑滿無數碎片，癱在地上。

女學生再次逼近笹館。笹館從腰部口袋掏出折疊刀。井戶根的武器是剪刀，但笹館攜帶了更實用的武器。

女學生沒有絲毫畏怯，節節近逼。就算亮刀威嚇，對方也沒有半點恐懼的樣子。笹館焦急起來。不能讓對方使出攻擊距離更長的踢技。笹館一個箭步衝上前去，刺出刀子。

幾乎同時，女學生的一腳就像體操選手那樣高高抬起又下劈，笹館的肩膀吃了一記腳跟踢擊。那超乎想像的迅速與沉重，簡直就像遭到鋼筋劈砍。笹館的臉撞在堅硬的地板上。

痛楚與麻痺晚了一些才追趕上來。尤其是肩膀，劇痛難耐。笹館就這樣趴伏在地上，無能為力地任由雙手雙腳抽搐著。身體不聽使喚。他生平第一次體驗到這種情況。

笹館咬緊牙關，拚命恢復脖子的肌力，終於把頭抬起，讓臉從地面抬升。看見店內的情況了。一片狼藉，彷彿地震或颱風過境，一切物品都徹底遭到破壞，地面被無數的玻璃碎片掩埋。樓層一片冷清。周圍只有笹館的夥伴倒臥在地。

不，還有別的人影。女學生的背影跑進了通往廚房的雙開門，兩名穿白色廚師服的男人驚慌失措地跑出來，一樣從門口逃走了。女學生仍然待在廚房裡。

她到底在裡面做什麼？笹館正覺得訝異，忽然聞到奇妙的氣味。是洋蔥或雞蛋臭掉的惡臭。

滿臉是血的梶梅四肢跪地爬向笹館：「不妙，是瓦斯的味道！」

雙開門彈動的聲音。笹館拉回視線，只見女學生回店裡來了。她的右手伸向前方，指頭捏著一個有焦痕的十八K金ZIPPO打火機。

「完……」梶梅跳了起來。「完了！」

笹館也在梶梅攙扶下勉強站了起來。夥伴們都搖搖晃晃地起身。真登香尖叫一聲，率先逃跑出去，尾苗也追上去逃走了。菅浦和榎垣、井戶根彼此扶持，勉強保持直立，每個人都跛著腳，拚命朝出口逃命。每回腳在玻璃碎片上打滑，就差點跌倒。笹館的肩膀再次竄過劇痛。或許脫臼了。手臂的感覺遲遲沒有恢復。

終於連滾帶爬地逃出店外了。太陽已經西下，天色昏暗，但泡泡浴街的巷弄熱鬧莫名，圍出了大片人牆。雖然也有許多逃出來的客人、小姐和員工，但看熱鬧的人更多。每個人都拿著手機鏡頭在拍攝。

把我們當馬戲團嗎？笹館憤慨不已，但就算想揍附近的看熱鬧民眾，右手也依然無力地垂著。到現在還在麻痺。笹館承受不住肩膀的疼痛，蜷蹲下去。

梶梅出聲：「笹館……」

瞬間，閃電般的燦光照亮四下，但晚了幾拍響起的不是雷聲。震耳欲聾的爆炸聲猛然衝進耳中，震撼了整條泡泡浴街。店門口凶暴地噴出火焰與黑煙，大樓一樓所有的窗戶全數粉碎，火柱水平衝出。地面彷彿從底下遭到衝撞一般，震動不已。四下傳出慘叫與喧嚷。沙塵像海嘯般蜂擁而至，鋪天蓋地而來。

好陣子什麼都看不見，只有泡泡浴樂園的招牌霓虹燈朦朧浮現。覆蓋整條巷弄的煙漸漸散去了。路上幾乎所有的人都跌坐在地，個個灰頭土臉，全身染成一片白。嗆咳聲起此彼落。

笹館遲遲無法站起來。他背靠在停在附近的車子上。梶梅等人爬了過來。看到的全是宛如殘兵敗將的眾人那憔悴到極點的臉。

事實上，四下形同戰場。警車和消防車還沒到嗎？笹館不禁急躁起來。最需要他們的時候，卻連個要現身的徵兆都沒有。

梶梅看著店鋪的殘骸說：「那女的把自己也炸了嗎？」

她自爆了。他想要這麼相信。可是，她怎麼會有鷹城的打火機？笹館問兩個一年級生：「你們沒把廢車場的打火機撿回來嗎？」

兩人驚慌地對望。井戶根聲音窩囊地對笹館傾訴：「我們找過了，可是沒找到。」

「真的嗎？」

「可是，我弄到寶貴的東西了。這個。」井戶根張開手，手心是一綹幾十根的頭髮。

交給警方，或許就能查出她的底細。既然她把自己連同整家店都一起炸碎了，這綹頭髮便成了查出犯人身分的唯一物證了。

還有另一個問題。笹館瞪住井戶根：「你在近處看到那女人的臉了吧？」

「……對。」井戶根遲疑地開口。「好像看到了。」

梶梅皺眉：「什麼叫好像？是看到了，還是沒看到？」

「看到了，可是……」井戶根迫切地說。「那是……那是有坂紗奈的眼睛。雖然被瀏海遮住了，可是隱隱約約……」

憤怒衝動地湧上心頭。笹館想揪住井戶根的衣領，可是右手不聽使喚。他忍著痛啐道：「聽你放屁！」

警笛聲在巷子裡響起。看熱鬧的民眾分成了兩邊，車頭燈與紅色警示燈經過巷子慢慢開進來。

笹館滿懷苦澀，看著制服警官們下車。世上有這麼離譜的狀況嗎？反正女人已經死在瓦斯爆炸了，現在應該正躺在瓦礫堆裡吧。遲早一定要從屍體剝下那張假皮。就算警方查不到，我也會親手把妳揪出來。

14

川崎區日進町二十五之一的川崎警察署，笹館當然不是第一次光顧，不過他從來沒遇到過如此兵荒馬亂的夜間警署。即使關在熟悉的會議室裡，也能聽出一道牆之外的雜亂腳步聲。大批人馬不停地在樓梯上上下下，窗外警笛聲不絕於耳。

笹館一夥人身上仍帶著灰土，一字排開地坐在折疊椅上。梶梅、菅浦、榎垣、井戶根、尾苗。笹館總是想，身在這個單調的房間裡，街頭系時尚就會變得窮酸。幸好沒有被上銬，但他只想盡快離開。

不過今天感覺有得熬了。室內四角各別站著一名制服警官，此外還有兩名便衣刑警——生活安全一課的須藤和津田。

須藤在笹館等人面前走過來又走過去，語帶嘆息喃喃道：「看看你們搞出來的好事。朋友才剛死，你們這群未成年人就泡在俱樂部，抽菸喝酒，這麼快活？」

菅浦吊兒郎當地說：「我們是在哀悼。」

津田刑警大步走近菅浦，朝折疊椅腳踹過去。

菅浦差點從椅面滑下去，憤憤地站起來：「幹什麼啦！」

然而津田猛地朝菅浦一推，逼他坐了回去：「少在那裡說大話！」

笹館交抱起手臂：「喂，幫我們叫律師。」

須藤刑警神色不變：「律師在跟你們家長說話。叫來的大人現在在別的房間。我們也不是不同情你們，染金髮理五分頭的母親、脖子露出刺青的父親，全在你們出生前就是署裡的常客。」

井戶根卑躬屈膝地埋怨：「要是真心同情我們，就介紹可以替他們照顧我們的大人啊。」

梶梅點點頭：「就是啊，不過只限有錢人。」

「少任性了。」須藤刑警依然面無表情。「你們都已經懂事了，靠自己端正品性，正正當當活下去。不要把殺人怪到父母頭上。」

笹館無法保持沉默：「我們又沒殺人，是長頭髮的女生幹的。客人跟小姐都看到了。」

「俱樂部都炸飛了。這一帶的黑道都想吸收未成年的不良少年，要他們上繳規費。讓你們進出俱樂部，也是手段之一。可是造成那麼大的損害，一點規費是補不回來的。你們這輩子都要被黑幫吃乾抹淨了。」

一年級的井戶根和尾苗嚇壞了，但笹館擺出老神在在的態度。他不會上這種威脅的當。反正店裡有保險，廚房的廚師們應該也都清楚，瓦斯爆炸不是笹館他們搞的。

笹館注視著須藤刑警：「把我們抓來的罪狀，只有抽菸喝酒對吧？其他都算是自願配合吧？問題我們已經回答了，快去抓出那個長頭髮的女生。」

笹館已經聽說，現場沒發現女人的屍體。不可能被炸到粉身碎骨，連根骨頭都不剩，或是燒得一乾二淨。女人肯定是開溜了。

須藤回看笹館：「怎麼找？」

「這是警察的工作吧？從指紋還是汗水……」

「不好意思喔，瓦斯爆炸把證物全炸光了。」

「店前面不是有監視器嗎？」

「那裡的監視器老是被店裡的服務生丟石頭砸壞，等著修理，今天是壞的，沒拍到進出的人影。」

「這樣就放棄喔？」

津田冷冰冰地看過來：「要是街頭監視器還有功用，你們進店裡的時候，我們就去抓人了。」

「警察怎麼這麼糊塗！」笹館粗聲粗氣地說。「店裡不是也有監視器嗎！」

須藤刑警冷哼一聲：「硬碟在店內收銀台底下，一樣被炸爛了，無法播放。」

笹館緊咬不放：「那個長髮女人，鷹城死掉那一天也在啊！」

「她是你們同夥？」

「不是啦！」

「沼田真登香那三個不良少女在別的房間接受問案。她是你女朋友吧？」

「我哪知？」笹館裝傻。

「她們抓了無關的女生，帶到俱樂部去。一個叫間島亮子的女生。說是你指使的。」

「我不知道你在說什麼。」

「你女朋友要是聽了，一定會感激涕零。」

「就說她不是我馬子了。」

「鷹城那時候下著豪雨，這次是瓦斯爆炸，都沒有留下跡證，無法查出嫌犯。怎麼會這樣？」

「我哪知道啦？」

「真是因果報應呢。你想知道媒體報導你們這種垃圾死掉了，網路上會怎麼說嗎？」

大概猜得出來。笹館啐道：「我沒興趣。」

「社會大眾都很歡迎垃圾被清理掉，我也是。不過警察也是法律的守門人，出了事，就得解決才行。」

「所以說！叫你們去找那個長髮女人啊！」

「想要我們這麼做，就給我們線索。」

「不就說我們不知道了嗎？」

井戶根半直起身，取出一張折起來的紙，輕輕打開：「那個，警察先生，這個……」

須藤刑警走近井戶根：「什麼？」

「頭髮。從女人頭上剪下來的。」

「怎麼剪的？」

「用裁縫剪……」

「哦，扣押品裡確實有。刀長超過八公分，違反槍械法。」

笹館火大起來：「喂！搞錯責怪的對象了吧！快點把頭髮送去鑑定，查出那女人是誰！」

一陣沉默。須藤刑警折起紙張，走到房間角落，扔進垃圾桶。

井戶根瞪大眼睛：「你搞屁啊！」

須藤刑警額冒青筋：「你們這種低學歷的單細胞，只是瞄了一眼傍晚重播的警匪劇，就自以為什麼都懂了。告訴你們，剪下來的頭髮是驗不出DNA的。」

「什……」井戶根語塞。「真假？」

津田刑警淡漠地說：「要有毛囊才行。自然脫落的頭髮也是，要是毛囊死了也不行，要拔下來的頭髮才有用。」

尾苗驚慌失措：「可是逗子那時候，不是說現場可能掉了頭髮……那是在套話嗎？條子有夠骯髒！」

「你是尾苗周市對吧？你爺爺在咱們署裡也是個大名人。不管逮捕多少次，他就是不肯停止打電話騷擾別人。他到現在都還相信昭和時代的電視劇看到的知識，以為三分鐘以內掛斷，警察就偵測不到是誰打的，你這個孫子可以指點他一下嗎？這年頭，一秒就知道電話是誰打的了。」

尾苗顯見招架不住了，笹館心想不妙。怯懦的尾苗難保不會變成刑警們的突破口。

笹館對須藤刑警說：「要是都沒線索，查一下叫江崎瑛里華的女人。」

「江崎？」須藤狐疑地問。「誰？」

「我不曉得啦。一樣頭髮很長，很瘦，穿芳西高中的制服，但芳西好像沒有叫這個名字的學生。最近她都在我們去的地方出沒。」

「長得跟你們說的『長髮女人』很像嗎？」

「對。」笹館應道，點了點頭。梶梅和榎垣也都出聲同意。

然而幾乎就在同時，菅浦歪起頭來，一年級的井戸根和尾苗也都露出不甚信服的神情。

津田刑警擺出冷漠的態度：「看來意見分歧了。」

三人模稜兩可的態度教人火大，但其實笹館也沒有確證。只是大致上的特徵相似而已，或許根本是無關的兩人。假設是同一人，每次都換不同校的制服，說起來確實很奇妙。

笹館掏出手機，點出一張畫像：「就是她。」

須藤刑警瞥了一眼：「這不是畫的嗎？」

「對，一年級一個叫植村畫的，不過特徵都畫出來了。」

「那就好好收藏起來，免得你們忘了。」

這是在表示警方不收那種東西。儘管不爽，笹館還是收起了手機。

可能是看出偵訊無法期待成果，須藤刑警開始他老套的訓話：「聽著，記者沒在你們學校跟住家周邊騷擾，是警方、律師、老師還有你們父母的努力。但是不可能永遠阻擋下去。你們最好趁早把該說的都說出來。這是改邪歸正的第一步。」

要是訓個幾句就能讓不良少年更生，就不需要警察了。笹館的夥伴們都保持緘默。逗子發生的事當然絕口不提，但除此之外的事，就算他們想說，事實上也什麼都不知情。警察真是怠忽職守，笹館在內心咒罵。明明「長髮女人」才是應該第一個搜索的對象。

禁止未成年人飲酒法沒有對當事人的罰則。抽菸喝酒就像以往那樣，僅是受到嚴重警告。但成人提供酒類給未成年人，會受到懲罰。須藤說俱樂部老闆正在接受偵訊。

笹館心煩意亂。真是多管閒事。俱樂部老闆因為瓦斯爆炸，損失已經不計其數，再把他們搞得像瘟神一樣，要他們以後怎麼做人？

午夜之前，笹館一行人被放回家了。但警方指示要由家長帶回去。多是單親的不良少年們，各別隨著一兩名大人踏上歸途。大部分情況，親子都一語不發，其中也有人會開始扭打爭吵，接著又被押回署裡，但今天每個人都很安分。

家長開車來的，就只有笹館而已。笹館的父母不是黑道，父親是上班族，母親是家庭主婦。但從笹館小時候開始，他們就是凡事都要干涉的「毒親」。他們受到可悲的欲望驅使，希望在自己狹隘的世界裡，將來能以兒子為傲。他們強迫笹館考私立國中，也是出於這個動機。笹館開始反抗。漸漸地，不只是語言反抗，他開始用暴力直接擊垮父母。要是父母嘮叨，他便反過來恐嚇父母。現在父母兩人對兒子只有恐懼。

父母有生下小孩的責任，因此有為孩子奉獻一輩子的義務，這是笹館的理論。今晚笹館也安坐在後車座，一聲不吭。坐在前座的父母若是顫聲想要向他說話，笹館就踹椅背要他們閉嘴。

笹館回家後上了床，卻完全睡不好。隔天早上，他只得睡眠不足地去上學。微弱的晨曦照射中，笹館一個人走出家門，徒步經過殺氣騰騰的南町一帶去學校。拉上的鐵捲門、丟在路邊的立型看板、散落一地的垃圾，一如往常的景色。

岔路巷弄傳出男聲叫住他：「笹館。」

笹館停步。一個穿著印花襯衫、寬鬆長褲的老人憑靠在鐵捲門上。是戴著墨鏡的阿巖。

「巖叔好。」笹館行禮走近。

阿巖神色陰鬱：「看你們昨晚搞出來的好事，害得我也被組裡狠狠地訓了一頓。」

「巖叔怎麼會……」

「你們是我負責帶的。組裡在問，店裡的賠償怎麼辦。」

「會有保險金吧？」

「保險金？你也太天真了。這年頭保險公司不會讓黑道加保的。俱樂部『喬治亞』沒有保險。」

「……真的假的？」

「真的。這筆帳你要怎麼算？」

「怎麼算……」笹館困惑地支吾其詞。「巖叔不能幫忙想想辦法嗎？像是找佐和橋的老爺子幫忙……」

「佐和橋的老爺子？他又不是組裡的人。雖然算是道上的，不過他是在各地幫忙處理屍體的自由業。」

「他就專做那個而已？」

「他本來不曉得是哪裡的混混，老了以後就改做現在這一行。他跟許多黑幫事務所有往來，也不是那麼能信任。」

「跟其他組也有往來的話，表示人面也很廣吧？不能請他介紹可以幫忙想辦法的大人嗎？」

就算戴著墨鏡，也看得出阿巖傻眼的眼神。「你白痴嗎？組裡連我跟佐和橋的老爺子搭上線都不知道。照顧你們，完全是我一個人的責任。」

回報是從他們身上吸取規費。可是現在出了事，為什麼不肯幫忙伸出援手？笹館一籌莫展：「那要怎麼辦才好？」

「自己想。得要一大筆錢才夠。你有手下，總有法子吧？」

是在暗示就算幹強盜也得弄到錢。之前也發生過一樣的事。結果黑道就只會獅子大開口。但笹館無法反抗阿巖。他需要上頭的庇護。落單的飆車族，立刻就會被死對頭抓去蓋布袋。

阿巖用指頭按住墨鏡的眉心：「既然你們同夥裡面死了人，我也不能找組裡的人幫忙，你得自己善後。在那之前，我不會主動找你。錢進來了就連絡我。再見。」

阿巖說完這些就晃走了。前方正在啄食垃圾袋的烏鴉飛了起來。阿巖蜷起的背影遠離了骯髒的巷弄。

笹館咬牙切齒。既然如此，他要抓到「長髮女人」，然後把父母的存款全部搜括過來。女人也是，把她剝光，錄影拍照之後再殺掉。不只是為鷹城復仇，要把她的每一寸都換成錢。想要活下去，就只剩下這條路了。

15

二A的菅浦秦彌來到位於南町郊區集合住宅三樓的梶梅學長住處。在室內也不摘下黑色鴨舌帽，是因為他想維持與黑色連帽T的穿搭。

同樣二年級的胖子大平頭榎垣也在一起。榎垣穿著T恤配教練夾克，在和室裡盤腿而座，卻是蜷著背，低著頭，一直滿臉驚惶地沉默著。菅浦心想，自己應該也是一樣的表情。

穿著紅色連身工作服的梶梅學長進來了。梶梅在附近坐下說：「別一副晦氣的樣子。真是，只是下個雨，就跑來我這裡窩。」

放學後，幾個人正騎著機車趴趴走，天色開始變得陰沉，接著便下起傾盆大雨。才傍晚而已，卻暗得宛如即將入夜，讓人情不自禁地想起鷹城死去那一天。

梶梅學長家只有父親，而且上班到晚上。梶梅多半一個人待在兩房的集合住宅家裡，所以菅浦和榎垣跑來投靠他。雖然他們沒有吐露任何懦弱的話，但老實說，在雨停之前，他們不想待在外面。

玄關門鈴響了，菅浦忍不住全身一震。榎垣也是，明明塊頭那麼大，卻不安地眼神飄移。

梶梅努努下巴：「去應門。」

榎垣露出猶豫的樣子，菅浦也不敢站起來。

「真是。」梶梅慵懶地起身。和室隔壁是木板地的小廚房，那邊的房間角落有脫鞋處，也兼玄關。

菅浦從和式紙門縫之間窺看廚房。只見梶梅打開門鎖，將門板整個打開來。雨聲變大，戶外空氣吹了進來。

「哈，」梶梅用鼻子哼笑。「連你也來了。」

「打擾了。」進來的是一年級的井戶根。要壞的穿搭服裝一樣濕透了，全身縮得小小的。

梶梅讓井戶根進去和室。井戶根看到菅浦和榎垣，尷尬地行了個禮，如坐針氈地坐了下來。

榎垣小聲問井戶根：「尾苗呢？」

「他說要回家……」

菅浦沒辦法嘲笑尾苗。要是能確保安全，他也想待在自己家，但他家是屋齡超過四十年的破房子，隨便就能闖進去，而且要是被潑上汽油點火，一眨眼就會化成灰燼。

梶梅搔著脖子說：「闖進俱樂部的白痴女不是江崎瑛里華嗎？我覺得一定就是她。」

井戶根遲疑地喃喃道：「那個……笹館大哥也在的時候，我也說過，那雙眼睛跟有坂紗奈一模一樣，不是什麼江崎瑛里華……」

一股寒意竄過菅浦的背。寒意點滴籠罩全身，逐漸剝奪他的體溫。

菅浦原本以為井戶根是在胡言亂語，但其實腦袋一隅也一直在思考這個可能性。但這實在太離奇了，因此他一直拒絕去意識。

但現在已經無法忽視這個可能性了。無法忽視井戶根的主張了。即使不可能，但這就是現實。那個女人，是復活的有坂紗奈……

梶梅笑了出來：「一年級的蠢小子，這點事就把你嚇成這樣，一點屁用都沒有。對吧，菅浦？」

「啊……」菅浦含糊其詞。「是啊……」

尷尬的沉默中，梶梅抓起威士忌酒瓶。「要喝嗎？」

「我不用……」

胖子榎垣點點頭：「我不客氣了。」

杯子遞給榎垣。榎垣的臉寫著「不喝實在撐不下去」。

這時手機簡短地響了一下。是菅浦的手機。他拿起來查看螢幕。

一股心臟幾乎被捏碎的震驚。是簡訊。寄件人是鷹城宙翔。

「鷹、」菅浦聽見自己發抖的聲音。「鷹城傳簡訊……」

「什麼？」梶梅探出身體。榎垣和井戸根也表情僵硬地探頭看螢幕。

『我在廢棄工廠。』訊息只有這幾個字。除非是從本人的手機傳出的，否則寄件人不會顯示為鷹城宙翔。

菅浦聽說過，死人的手機要親人才能解約。鷹城那個酒鬼母親，就算懶得辦手續也很正常。這麼說來，沒聽說殺人現場的廢車場找到鷹城手機的事。是那個女人拿走了嗎？

梶梅瞪大了眼睛：「是她，女人主動連絡了。」

「可是，」榎垣狼狽萬分。「廢棄工廠？那個女的怎麼會知道我們的祕密基地？」

井戸根嚴肅地喃喃道：「因為她真的是有坂紗奈……？」

室內一片寂靜。梶梅憤慨地抓起杯子，把威士忌潑向井戸根的臉。

「你夠了沒！」梶梅站了起來。「喂，你們幾個，走了！去給鷹城報仇！」

他們無法違抗三年級的梶梅，有些驚慌地站了起來，菅浦向梶梅建議：「最好通知一下笹館大哥……」

「沒那個工夫了。我們幾個去取女人的性命。再幹她一次，就知道那個女的到底是不是有坂紗奈的鬼魂了。」

井戶根痙攣地笑，梶梅不滿地輪流瞪向菅浦和榎垣，兩個二年級生也不得不跟著笑。菅浦勉強勾起唇角。

四人出發，走向傾盆大雨之中。跑下階梯，跨上各自的機車。菅浦的機車是山葉XJ400。戴上安全帽，隨即發動引擎，催動油門。他開始有些自暴自棄，只能順其自然了。

一輛黑色轎車停在巷弄邊角，一看就知道是警察的偵防車。被帶去川崎署以後，菅浦家也被監視了。夥伴們全是監視對象。當然梶梅也知道警察在盯著。菅浦內心暗自感到篤定。如果警方跟上來的話，就可以放心了。

四輛機車在豪雨的馬路上疾馳。每一天就這樣逞凶鬥狠地度過。菅浦一直覺得人生就像是一場夢。一方面也是因為吸麻的關係，但更重要的是，清醒的理智，無法承受這種偏離正軌的生活方式。要他正視罪孽的深重，這是不可能的事。追求極致的利己，才能獲得刺激。刺激可以讓人忘掉現實。既然忘掉了現實，就不會直面現實。感覺視野總是籠罩著一層迷霧。

菅浦活在對身為不良少年的自己的陶醉中，然而現在他就快恢復清醒了。他做了絕不該做的事，因此正要接受報應。已經無可挽回了嗎？

太白痴了。菅浦甩甩頭，將混亂的思緒推得遠遠的。不管再怎麼嚴重地失去現實感，他也沒單純到會去相信世上有鬼。就像梶梅說的，幹下去就知道那是不是有坂紗奈了。若是有幹女人這個報酬，前往葬送那白痴一家人的廢棄工廠，也是一場不錯的娛樂吧。

傍晚的市電大道行車擁擠。車頭燈中浮現綿綿雨絲。四輛機車各別從塞車的車陣縫隙間穿梭而過。

在途中拐進巷道，梶梅加快了速度，在迷宮般的巷弄裡左彎右拐，持續前進。菅浦困惑起來。照後鏡看不到偵防車。他們不知不覺間甩掉警察了。這樣一來，遇上萬一的時候，就沒有人會來救他們了。

很快地，來到他們當成地盤的公園附近了。鐵皮圍牆的一部分掀了起來，是他們平時騎機車進出的開口。要是像這樣丟著沒蓋回去，會惹笹館生氣，然而現在卻任由鐵皮掀著。

梶梅在巷子停下川崎７５０ＲＳ，手朝水平舉起。是指示全員熄火的手勢。

四下很快就安靜下來了。然而卻不知為何，仍有機車引擎聲持續作響。好像是從廢棄工廠的用地裡傳來的。

梶梅揮手，再次催動油門，把機車轉向鐵皮圍牆開口，衝進裡面。菅浦等人也連忙跟上梶梅。

菅浦忍不住倒抽了一口氣，反射性地拉緊了煞車。前輪突然被煞住，差點翻車。這種菜鳥才會犯的糗態讓他咂了一下舌頭，但他就是如此驚嚇。

突出工廠大樓外牆的吊臂，前端滑輪上的繩索吊著一具人體。就像他們平常做的私刑那樣，繩索纏繞在胴體上，整個人呈ㄑ字吊掛在半空中。垂下的雙手雙腳動個不停。只剩下外表還是帥氣街頭系穿搭的尾苗一個勁地發出窩囊的叫聲：「救救我！啊！梶梅大哥！井戸根，救我！」

菅浦陷入愕然。豪雨之中，勉強看得見在相當高的位置搖晃的尾苗的臉。他滿臉瘀青，而且淌著鼻血，顯然遭受過踢打的暴行。

而且威脅就在附近。滑輪延伸而出的繩索另一端伸向斜下方。穿著懸野高中夏季制服的長髮女人跨騎在機車上，裙子都捲到大腿上了。沒有戴安全帽，還是一樣渾身濕淋淋，瀏海遮住了眼睛。

女人騎的是尾苗的機車，鈴木GS200E。繩索綁在機車後輪上的排氣管一帶。女人突然把機車轉向，朝滑輪底下騎過去。原本扯緊的繩索一下子鬆弛，尾苗急速下墜，整個人趴伏著撞在地上，濺起水花，發出痛苦的叫聲。女人再次變換方向，遠離滑輪下方。尾苗的身體垂直上升。

失去一切抵抗的尾苗抽泣地喊道：「井戶根，大家，救救我！放我下來！我受不了了！好痛，好難受！」

然而女人再次將機車掉頭，尾苗隨著尖叫再次墜地，硬生生撞在水窪裡。尾苗全身虛脫，手腳垂貼在地，整個人趴在泥濘裡。

井戶根發出悲慘的叫聲：「尾苗！」

「賤女人！」梶梅催滿油門，衝向女人的機車。

女人一點驚慌的樣子也沒有，悠然騎著機車逃走。速度很快，尾苗立刻被吊上空中。而且這次因為被梶梅追逐，女人的機車沒有要掉頭的樣子。

菅浦等三台機車也跟上梶梅。但可能是察覺到危險，井戶根拉緊煞車：「梶梅大哥！別追了！」

井戶根回頭看向後方。菅浦和榎垣也停下車，同樣仰望尾苗。尾苗全身垂軟，在空中變得愈來愈小，他被拉到吊臂最頂端。和女人的機車之間的繩索拉扯到極限，滑輪停住了。金屬傾軋聲吱嘎亂響。張力已經瀕臨極限。

菅浦也拉開嗓子：「不妙啊，梶梅大哥！尾苗會……！」

一道綻裂般的聲音響起，繩索從女人機車的排氣管滑脫了。

尾苗的慘叫聲傳進耳中，然而叫聲一下子就消失了。水花裡滲雜著紅色的液體朝四周噴散。那是形同跳樓自殺的急速下墜。尾苗的身體摔在泥濘裡。

井戶根發出悲痛的呻吟，把車騎向尾苗。菅浦和榎垣也跟上去。

各人放慢了機車速度。車頭燈照亮的前方，極盡淒慘的光景正等著他們。

沾滿了泥濘和鮮血的尾苗，屍體仰躺在地上，以眼睛半張的狀態氣絕身亡了。空洞的眼神看著天空，口中積滿了鮮血，脖子彎向不可能的方向。手腳也是一樣。

「尾苗……」井戶根擠出充滿嗚咽的聲音。

機車聲靠近了。梶梅晚了一些過來會合。他一臉茫然地看過每一個同伴，最後俯視尾苗。臉頰在抽搐。

梶梅回頭看用地的角落。菅浦也望過去。女人跨在機車上，滿不在乎地看著這裡。

「這個賤女人！」梶梅憤怒地騎機車暴衝出去。「我絕對不會放妳活命！」

井戶根也哭著催滿油門，追上梶梅。榎垣連忙跟上去，菅浦也不能一個人留在原地，全速追上同伴們。

女人把機車轉向這裡，很快地加速筆直衝了過來。車燈照射範圍內浮現女人蒼白的臉。

菅浦退縮了。他覺得女人垂貼的瀏海之間，露出了瞪著這裡的眼睛。就像井戶根說的，那是有坂紗奈的眼睛。

井戶根似乎也看見了一樣的東西。他忘了失去摯友的憤怒，機車裹足不前，開始失速。現在高速衝向女人的，只剩下梶梅和榎垣的兩台車。

然而前方的女人卻做出了意想不到的行動。她忽然回放油門，在下沉的前叉歸位之前，又將油門整個催滿，前輪猛地彈高，變成翹孤輪的狀態。女人在這時往後一跳，輕易地雙腳著地。油門全開地被放出去的無人機車，就像脫韁野馬般向前衝刺。機車浮在半空中側翻，水平旋轉著衝撞過來，瞬間直擊梶梅和榎垣。菅浦完全無法閃避發生在眼前的事故，井戶根也追撞倒下的機車，身體被拋上空中。

衝撞的瞬間，菅浦的屁股離開座椅，也放開了把手。他就像個人偶般在空中翻滾了一圈，摔在泥地裡。即使戴著安全帽，也感受到頸骨幾乎折斷的衝擊。他承受著麻痺感，勉強撐起上半身。

眼前是淒慘無比的多重事故現場。多輛機車撞成一團破損，有一半幾乎陷在泥濘裡。被拋飛出去的三個同伴，和菅浦一樣在地面爬行。每個人都脫下了安全帽，但似乎無法自由活動，沒有半個人站起來。

菅浦仰躺著，全身因恐懼而凍結了。長髮女人站在激烈的雨勢中，在咫尺之處俯視著這裡。

梶梅爬向自己的機車。前輪輪胎爆了，車輪也變形，已經報廢了，但梶梅的目的似乎是別的。機車側面，用伸縮捆繩綁了一根棒狀物體。梶梅取下日本刀。那把刀形似短刀，沒有護手。梶梅搖搖晃晃地站起來，從刀鞘拔出刀子。

菅浦以前在梶梅的房間看過這把日本刀。是他父親以前還在混黑道的時候，隨時藏在身邊的武器。在這個地區，有刀的家庭並不稀奇，梶梅似乎也知道怎麼使刀。他挺直背脊，雙手握住刀柄，刀尖指著女人，警覺十足地靠近。

女人毫無反應，也沒有緊張的樣子，只是呆呆地站著。梶梅高舉刀子，準備一刀砍下去。

然而刀刃一靠近，女人就像磁鐵互斥一般，迅速側移閃躲開。梶梅怔了一下，立刻將刀水平揮砍過去。女人以最細微的動作退開，退到刀尖幾乎要掃到的範圍之外。

梶梅繼續拿刀直劈側砍，但女人的動作機敏無比，躲過了每一刀攻擊，刀鋒連擦都沒有擦到女人的身體。女人以舞蹈般的腳步玩弄著梶梅。很快地，梶梅開始上氣不接下氣，變成只是胡亂揮舞笨重的刀子。他的腳步漸漸蹣跚。

女人筆直豎起右手食指和中指，冷不防一個箭步，兩根指頭刺向梶梅的雙眼。戰慄的景象讓菅浦魂飛魄散。梶梅的慘叫聲響徹四下。女人的指頭抽掉時，梶梅的臉上噴出兩柱鮮血。一看就知道兩隻眼球都破了。失去視力的梶梅似乎承受不了劇痛，瘋狂揮舞雙手，完全抓狂了。

結果，女人撿起了日本刀。她只用一隻右手握住刀柄，輕鬆水平一揮，深深砍進梶梅的身體。收刀時又再次劈砍，接著縱橫不斷地繼續砍。每身中一刀，梶梅就發出痛苦的喊叫，全身痙攣。

完全就是虐殺。噴血的部位愈來愈多。雨絲裡開始瀰漫起血霧。最後女人輕盈一跳，日本刀插進梶梅的喉嚨裡。刀尖一路貫穿，從脖子後方刺出。

傳來咕噗咕噗的聲音，就像泡沫不斷地在水面破裂。全身鮮血淋漓的梶梅往後方倒去，脖子像噴泉一樣噴出紅色液體，數秒後整個人一動不動了。

大平頭胖子榎垣凶神惡煞地爬起來，想要扶起機車。「把妳輾死！」

然而女人緊接著一記飛踢，連同機車把榎垣踹倒在地，榎垣肥胖的身軀被壓在重機底下。女人接著朝垂直方向高高跳起，以鞋底將側躺的機車把手部分猛地往下踹。

榎垣發出淒厲的慘叫，整個人弓起。煞車把手和照後鏡柄的尖端深深地插進了榎垣的腹部。女人更用力地狠踩把手，讓傷口朝縱橫方向擴大。腸子溢了出來。榎垣痛苦的樣貌，不是梶梅能夠比較的。菅浦目睹了什麼叫做活地獄，井戸根也完全嚇癱了。

汽油的味道刺入鼻腔。好像是機車油箱漏油了。女人不知道在想什麼，高高揮起刀子，一次又一次敲打機車把手。

每砍一刀，就迸射出火花來。菅浦發現女人的目的了。漏出來的汽油溢流到把手來了。

「住手……」菅浦狼狽萬分，仍虛弱地懇求。「那樣未免太……」

然而殘酷的是，把手冒出蒼白的火焰了。女人跳開，火焰爆炸性地燃燒開來，連同機車包圍了榎垣全身。巨大的火柱裡，榎垣發出慘絕人寰的吼叫聲。很快地，他的聲音也停了。現在只是在等待他肥胖到家的身軀整個烤熟，直到徹底炭化。嘴巴大張的側臉，像銅像般染得漆黑，在火焰另一頭搖曳著。

女人拋下刀子，轉向這裡。瀏海依然遮住了眼睛。臉上看不出任何表情，但還是能明確地讀出她的殺意。

菅浦依然無法起身，井戶根也是同一副德行。兩人癱坐在泥濘中後退。女人手無寸鐵，但這根本不是問題。面對肉食野獸，一定也是相同的狀況。對著步步近逼的女人，菅浦只能淚流滿面地呻吟。

有股臭味。不是汽油。是帶著酸味的惡臭。好像是井戶根漏尿了。還是菅浦自己？他連去確定的餘裕都沒有。

這時，女人靠近的腳步忽然停住了。她微微抬頭。

女人是注意到什麼嗎？菅浦也漸漸發現了。雨聲中摻雜著警笛聲，而且聲音愈來愈大。似乎有多輛警車朝這裡過來了。

女人掉頭走開，扶起井戶根的機車，鈴木GT380。只有那一台車身和輪胎沒有醒目的損傷。女人跨上機車，發動引擎。一樣沒有戴安全帽。明明是第一次騎的車，卻完全沒有被半離合起步難倒，順暢地騎了出去。機車加速離去，從鐵皮圍牆開口衝出去了。

下個不停的雨中，井戶根放聲大哭起來。不知不覺間，菅浦也號啕大哭個不停。他不覺得這有什麼丟臉的，學長死在眼前，同伴正在燃燒。就算看到鏡子，發現自己嚇成了滿頭白髮，也一點都不值得驚訝。

16

川崎署生活安全一課的須藤坐在偵防車220系皇冠裡的副駕駛座上。

豪雨如瀑，就算把雨刷調到最高速仍追趕不上。這是夜幕落下前一刻，視野最差的時段的豪雨，連一刻都不能放鬆注意。仍有零星車輛沒有打燈，駕駛座的津田也忙碌地轉動著方向盤。

無線電的聲音不斷地傳達訊息：「地點在國道十五號線往新川橋方向……」

「那邊。」須藤伸手指示。

津田在巷弄交會的轉角轉向。以磁鐵吸附在車頂的警示燈，在左右建築物外牆投射出紅色的閃光。前方有大馬路人行道橫越，撐傘的行人川流不息地穿梭而過。警車拉響警笛，一寸寸前進，強硬穿過往來的行人，從車流的空隙衝上幹線道路。

單側三線道的第一京濱道路正值尖鋒時刻，擁塞不堪。到處都有警車警示燈在閃爍，每一輛警車都卡在車陣中動彈不得。一般車輛即使想要讓路給緊急車輛通行，在這種狀況下也心餘力絀。只是路上有大型拖車並排，去路就形同被堵住了。路上各個地方都呈現這樣的狀況。

津田從駕駛座探出身體，眼觀四方：「沒看到人。」

「無線電報告的現在位置就是這裡。」有某樣東西從須藤的視野邊角迅速掠過。他驚覺反應，定睛細看，忍不住揚聲：「喂！是不是那個！」

一輛沒開燈的機車在中央分離島，而且從經綠化的植樹帶中飛馳而過。樹木另一頭，機車身影忽隱忽現。騎士是一名穿夏季制服的女高中生。全身濕漉漉，但一頭長髮在後方飛揚。也就是沒戴安全帽。

須藤一陣悚慄。長髮女人。清瘦，但體型肌肉精實。與俱樂部「喬治亞」的員工、客人及笹館等人的目擊證詞吻合。

警車無法開上中央分離島，只能卡在車陣裡，眼睜睜目送機車離去。但中央分離島對逃亡者來說並非聖域。前方結束在路口處，一輛黑白警車開進川崎消防署前的斑馬線，攔截了機車的去路。

機車立刻偏離中央分離島，衝出路面。從車陣間的隙縫穿梭而過，橫越三線道，衝進南町的巷弄。

所有的警車更大聲地鳴響警笛，讓車子掉頭。車頭燈同時轉向南町方向。紅色警示燈分開周邊的一般車輛，陸續從大馬路衝進巷子入口。

津田也這麼做，拚命轉動方向盤，折回剛才的巷子。穿過勉強僅容一輛車通過的小路，津田低吼說：「這裡的路幾乎是棋盤狀，怎麼辦？」

須藤靈光一閃：「她應該是要去奇尼奇塔影城東邊的名畫大道，我們搶先繞過去。」

「名畫大道……」津田又改道了。「瞭解。」

名畫大道是傳統老街，餐飲店林立，路寬勉強可以讓機車在裡面通行。為了甩掉警車，女高中生一定會騎進那裡，然後一路朝車站衝去，只要去到拉齊塔德拉，就可以丟下機車，混進人潮裡。那樣一來，就再也不可能追到人了。無論如何都必須在女高中生進入名畫大道前抓住她才行。

警車在路燈昏暗、印象低俗雜亂的巷弄裡前進。貼了一堆廣告傳單的電線桿、沿路擁擠的低矮公寓、連綿不斷的紅燈籠及小酒家粉紅色招牌。丟在路邊的自行車和垃圾桶也肆無忌憚地讓路寬變得狹窄。這一帶的店老闆，覺得只要擺上三角錐，讓空調室外機占用道路也理所當然，不管警告多少次都不改善。現在這些東西全成了防礙加速的障礙物。

老人家似乎天剛黑就喝醉了，踉踉蹌蹌地在路上晃蕩。津田把警車開到幾乎要撞到人的距離，待醉鬼晃到旁邊的瞬間，立刻衝過去。

每次來到巷弄交會的地點，就有其他警車穿過眼前。每輛警車都像無頭蒼蠅一樣亂竄。

突然一輛自行車衝了出來，津田緊急煞車。因為路面潮濕，煞車距離更長，差一點就撞上了。自行車上的工作服男子破口大罵。一樣是高齡者。不巧的是，現在沒空理他。津田拐過轉角，讓警車高速前進。

在巷弄裡左右轉彎，終於來到名畫大道入口附近了。須藤發現自己的直覺是對的。車頭燈照亮的巷弄前方，激烈的雨幕另一頭，一輛沒開燈的機車正朝這裡騎過來。

女高中生壓低姿勢。潮濕的瀏海遮住她的眼睛。她一看到這邊的警示燈，似乎便放棄前往名畫大道，拐進別的小路。

須藤怒喝：「別讓她跑了！她要去新川大道！」

津田的駕駛看似粗暴，但極為精確。後輪滑動，警車直角轉彎，衝進另一條巷子。雖然又是幾乎要擦到左右照後鏡的狹小巷子，但去路幾乎是筆直的。前方女高中生的機車逐漸遠離。津田加快警車速度。車子撞飛路邊的垃圾桶，馬力全開地追趕女高中生。

無法期待其他警車幫忙擋下機車。這一帶幾乎沒有側道。新川大道出現在前方了。女高中生頭也不回，壓低姿勢，讓機車加速，就要騎出巷子。追不上。再幾秒她就衝出新川大道了。對須藤和津田來說不巧的是，從這裡看過去，目前新川大道不管是車道還是人行道都沒有人車。機車要衝進幹線道路，沒有任何阻礙。

然而這時突然有兩把雨傘出現在人行道較低的位置。兩名幼童撐著雨傘，即將穿過機車前方，貌似家長的大人跟在後面。兩名幼童被機車的聲音嚇到，停下腳步，但仍有足以讓機車鑽過去的寬度。

須藤當下詛咒自己的運氣之背。機車就要逃進新川大道了，而警車必須停下來，直到幼童讓開。這短短幾秒的時間，就可能讓他們追丟了機車。

然而面對兩名幼童，女高中生卻突然把機車掉頭。她折回巷子了。

太亂來了！須藤捏了把冷汗。女高中生打算做什麼？如果她是認為有任何一點會撞到兩名幼童的風險而放棄突破，心態實在值得敬佩。然而卻選擇與警車正面衝撞，根本是瘋了。津田踩下煞車，警車緊急減速，但女高中生的機車猛然逼近而來。

從聲音聽得出機車油門回放了。前叉縮了一下，又立刻催下油門。前叉懸吊的反作用力讓機車前輪猛地浮起，似乎又加上了半離合，前輪高高抬升，開始翹孤輪前進。高速逼近的前輪爬上警車的引擎蓋，衝擊讓車身震動。

津田大叫：「搞什麼！」

女高中生把身體重心往前移，催滿油門。機車從翹孤輪狀態彈起後輪，輪胎爬上前保險杆，利用它的驅動力再往上跳了一回。後輪輾上引擎蓋，前輪爬上擋風玻璃。玻璃被壓出縱橫龜裂，緊接著警車車頂嚴重陷沒，下一秒後車窗也裂開來，車身後側遭受到強大的衝擊。機車把後車廂蓋壓凹，往後方騎去。

須藤難掩驚愕。女高中生的機車從警車車頂上騎過去了。

他連忙開門，但立刻就撞到旁邊的空心磚圍牆，寬度不足以下車。須藤甩上車門，立刻大喊：「津田，倒車！」

津田臉色大變，打入倒車檔，回頭看後方，讓警車倒車。「可惡，看不見！」後車窗布滿了裂痕，變得像蜘蛛網一樣，後方的視野幾乎被封閉了。津田轉向前方，全靠左右後視鏡倒車，因此速度根本快不起來。

機車的聲音逐漸遠離。這樣下去會被她跑了。須藤解開安全帶，將副駕椅背整個往後倒。車頂變矮了，因此車內難以活動，但須藤還是用爬的勉強移動到後車座。用鞋底把後車窗整個踩碎。強風夾雜著雨水灌了進來。女高中生的機車飛快地穿過巷子，很快就要拐進其他巷弄了。

但這時前方出現警車，側向停了下來。須藤心中叫好。警車漂亮地擋住了機車的逃亡路線。

然而女高中生不慌不忙，在巷子途中突然直角轉彎，消失不見了。須藤忍不住驚訝。那種地方有巷子嗎？不，她不是騎進巷子裡。

須藤指示津田：「把車停在機車剛才消失的地方。」

津田繼續倒車，很快地緊急煞車。

正旁邊有一塊可以讓車門打開的空間。是餐飲街的入口。老住商大樓的一樓有條狹窄的隧道狀通道朝裡面延伸，入口上方並排著進駐店家的招牌。螢光燈快滅了，招牌不停地閃爍。當然車子開不進去，機車也禁止進入，但女高中生完全不管這些。她剛才就是逃進這裡面。

還有勝算。須藤打開後車門。機車的引擎聲迴響著傳入耳中。這條路應該是死巷。

須藤一個人下了警車，衝進巷子裡。陰暗的通道兩旁，等間隔排列著小酒家、小餐館的招牌和門板。一道門半掩，頭上纏著髮捲的老婦人一臉奇異地探頭出來。聽到機車揚長而過的聲音，任何人都會露出這種表情。

很快地，須藤走出通道盡頭，再次被豪雨淋濕。引擎聲震耳欲聾地響著。須藤全神戒備地往前走。

這裡相當於住商大樓的後方，棄置著無數的大型垃圾。三方是高聳的擋土牆，上面是鐵絲網圍欄。如同須藤所知道的，是死巷。

機車沒有熄火，倒在大型垃圾當中。沒看到女高中生。須藤環顧周圍。沒有可以躲藏的空間。

巷弄通道傳來腳步聲，津田和幾名制服警官趕了過來。包括須藤在內，所有的人都淋成了落湯雞。

津田氣喘吁吁地問：「女學生呢？」

「發布緊急部署。」須藤喃喃。「快。」

津田難以釋然地環顧死巷，滿臉不服地跑回通道了。

閃電在黑暗中亮起，相當久之後，雷聲才隨之響起。須藤仰望烏雲。

女高中生是爬上擋土牆了嗎？雖然高聳，但仔細一看，並非垂直，而且也有一些凹凸，並非無法攀登，但應該相當艱難。

她消失到哪裡去了？不願讓幼童曝露在危險當中，對警方卻表現出挑釁的態度，結果就這樣讓她跑了。

側躺的機車不停地呼嘯著。須藤轉身離去。有必要叫鑑識過來。但一樣又遇到傾盆大雨，八成什麼都找不到。

17

晴朗的星期六正午前，一D的中澤陽葵來到川崎大師平間寺旁邊一座頗具規模的市民公園。

這裡有一座相當正統的中國庭園「瀋秀園」，經常有旗袍打扮的女高中生在這裡自拍。用地內除了業餘棒球場和網球場以外，還有一片草坪廣場。

陽葵和舞蹈同好會的朋友們一起占據了廣場的樹蔭。每個人都穿便服。會特地跑來有些遠的這個地方練習，是有理由的。

最近連續發生了可怕的凶案。三年級的梶梅穰治、二年級的榎垣迅，還有一年級的尾苗周市都死了。新聞中說，警方正朝他殺方向偵辦，校方也召開了家長說明會。據說有個穿懸野高中制服的女學生，沒戴安全帽騎機車到處亂衝，還撞壞了警車。

校方要求學生如果知道任何線索，一定要告訴班導。陽葵內心相當煩悶，但結果一直沒有告訴任何人。

既然穿著懸野高中的制服，那個女高中生應該不是江崎瑛里華吧。但YouTuber EE的粉絲在社群媒體說，芳西高中沒有這樣的女生。

自從江崎瑛里華現身後，校園周圍開始發生離奇的事。這在客套也稱不上治安良好的南町一帶，也是史無前例的異常狀況。媒體報導也有些瘋狂炒作，學校附近全是記者。光是穿著制服在路上走，立刻就會被要求採訪。

不過感覺起來，為命案震驚的只有大人而已。對陽葵來說，凶暴的不良學生減少，讓她內心鬆了一口氣。許多學生應該也都有相同的感受。雖然也有些女生為那些人的死垂淚，但她們多半都與笹館那幫人有交情。

同學們幾乎都對這件事保持沉默，不過確實都私心認為不良學生打架送命，是自做自受。他們也開始希望這次的事，會讓粗暴的男學生收斂一點。

若說有什麼困擾之處，就是沒辦法在學校或附近練舞了。在應該服喪的期間，明明並非正式社團卻繼續練舞，可能會引來不莊重的批評。因此陽葵和朋友們只能挑選沒有課的星期六跑來這裡。穿便服的話，也不會被發現是懸野高中的學生。

芽依出聲叫她：「陽葵，快點開始吧！」

陽葵回過神來。她發現自己正站在樹蔭下，呆呆地看著虛空。她對芽依笑：

「好，抱歉。」

五人擺出預備隊形。除了陽葵和芽依，還有紬、結菜、穗乃香，各自就定位。紬點選平板螢幕，音樂開始播放。先對一次各自練習的動作……

雖然是平常的流程，卻一點都不順利。首先，每個人的動作都太自己一套了。就算看影片動作學得有樣學樣，其實根本不清楚怎麼處理細節部分。而且沒有翻轉的畫面當範本，有時會左右記錯邊。節拍當然也完全不合。

七零八落地跳完整首曲子，全員都尷尬地沉默了。紬表情陰沉地喃喃說：「少了紗奈，果然……」

「真是的！」穗乃香鼓起腮幫子。「不是說好不談這個了嗎？」

「可是……如果沒有人先完全學會動作，就沒人可以教我們了啊。」

結菜嘆息：「不要一下子跟曲子，先數拍子練習比較好吧？不過數拍子練習，每次節拍都不合……」

這時，一道別的聲音莫名沉靜地插了進來：「錯拍也別在意，繼續跳下去就是了。播曲子練習的時候合拍就行了。」

眾人全都睜圓了眼睛看向同一個方向。陽葵也注視著那裡。

她陷入啞然，不禁張口結舌。芳西高中的夏季制服，江崎瑛里華就站在那裡。

四人同聲歡呼起來。紬興奮地問：「咦？江崎瑛里華同學！？妳是YouTuber ＥＥ對吧？真的是本人嗎？」

結菜也眼睛發亮：「ＥＥ！我都有看妳的影片……我好尊敬妳，妳真的好厲害！不只是華麗的動作，Reebok和Troop的舞步也都好漂亮！」

瑛里華雖然沒有笑，但神情平靜地回應：「分幾個段落，從簡單的地方開始練習如何？慢慢數拍子，放慢節奏，動作就容易和身體融為一體。」

「啊……」結菜的笑容摻進了複雜的神色。陽葵悄聲細語：「紗奈在的時候，也都是這樣做呢……」

這時，瑛里華優雅地舉起雙手：「比方說，剛才的曲子，中間的這個部分，ONE、TWO、THREE、FOUR……」

陽葵的目光頓時被吸引了。四個朋友也都屏著呼吸盯著看。瑛里華的Roll不是以肩膀為中心，而是從肩胛骨畫出又大又美的圓形，其中不著痕跡地加入Flying Turn。一連串動作宛如行雲流水。果然是勤於鍛鍊體幹的關係吧。全身都經過應有的鍛鍊，充分具備舞蹈需要的肌肉。

瑛里華跳完一段，眾人全被震懾了，連一聲感嘆都發不出來。

所有的人都萎縮了。沒有人能說出她們都想對瑛里華說的話。陽葵覺得如果要說，只能由她來開口。

「呃，那個，」陽葵看著瑛里華。「如果可以，能不能教一下我們……」

應該不行吧。瑛里華也有自己的事要忙。她會冷冷地拒絕，而這或許也是天經地義的事。

然而瑛里華乾脆地點頭：「可以啊。」

四人歡欣鼓舞。陽葵也難以置信，和朋友們一起開心不已。這真是意想不到的幸運。

後來將近一個小時，她們共度了難以形容的美好時光。瑛里華的指導易懂而且細心，一點不耐煩的樣子都沒有，耐性十足地再三示範相同的舞步，而且總是配合陽葵她們的程度。瑛里華完全不會疲累，即使一直動個不停，呼吸也一樣平順，完全不會喘氣。她的建議也都一針見血，像是重心要意識哪裡，只是一些提點，全員的動作就和先前完全兩樣了。陽葵直到上一刻，都完全沒有想到自己居然能輕鬆駕馭一直嚮往的Float舞步。

在練習跳舞的時候，陽葵和朋友對望了。每個人都朝她投以感慨良多的眼神。陽葵也有同感。

感覺就好像紗奈回來了。雖然論技術和體力，瑛里華更勝一籌，但那種溫柔隨和卻是共通的。她們都同樣地隨時體恤他人。和瑛里華相處之間，陽葵想起了紗奈。紗奈也是會在這種時候把朋友放在第一個思考的人。

一小時的舞蹈課一眨眼就結束了。她們有自信可以跳好這首曲子。五人都開心極了，要求一起拍紀念照，然而瑛里華卻沒有答應。眾人雖然感到不解，但能夠認識ＥＥ的喜悅更勝過這些，很快又恢復了笑容。

陽葵心中又萌生出難以釋然的感情。為什麼瑛里華不想拍照？除了她是網路影片的大紅人以外，似乎還有什麼理由。而且今天在這裡遇到，真的是巧合嗎？瑛里華總是什麼都沒帶。今天是星期六，她卻穿著制服。她來到公園，目的是什麼？

紬和芽依說她們得去LAZONA川崎廣場了。她們好像和其他朋友約好要見面。穗乃香家有親戚來訪，結菜好像要去補習班。每個人都埋怨說早知道可以見到瑛里華，就不會排行程了。

離開公園後，四人依依不捨地往車站走去。只剩下陽葵和瑛里華兩個人。

她們也沒有交談，一起站在公車站前，搭上同一班公車。在車子裡，陽葵一直在看瑛里華的側臉。瑛里華沒有回看她，只是盯著車窗外。偶爾視線轉向這裡，就換陽葵慌忙別開目光。

總覺得感受好奇妙。瑛里華回家的方向也一樣嗎？或者她只是陪陽葵坐車？理由不清不楚。陽葵無法開口問瑛里華。

她會不會突然全身變得透明，消失不見？感覺瑛里華就是如此神祕夢幻，讓人如此猜疑。只是相處在一起，就湧出一股懷念的情緒。就好像回到了紗奈總是在身邊的、那場悲劇以前的時光。

陽葵在舊東海道上的公車站下車，瑛里華又默默地陪她一起走。兩人進入南町雜亂的巷弄，走了一段路，看到陽葵住的七樓公寓了。

陽葵立下決心開口：「要不要來我家？我媽應該在家，我想把妳介紹給她……」

瑛里華搖搖頭：「我得回去了。」

是不是再也見不到她了？這樣的不安忽然揪緊了胸口，陽葵連忙問：「妳、妳住在哪裡？我也想去找妳。」

這時，一道低沉的男聲傳了過來：「喂，中澤。」

陽葵嚇了一跳回頭，一個蹲在路邊的人影站了起來。黑色T恤、金項鍊，簡單明瞭的不良少年穿搭。是一A的井戶根。他臉上青一塊紫一塊，雙手插在褲袋裡，拱著肩走了過來。

是守在陽葵家的門前監視吧。陽葵一陣毛骨悚然。井戶根的目光移向瑛里華，瞬間瞪大了眼睛。

「真的假的？」井戶根的臉僵住了。「我來找妳問這個女的住哪，沒想到本人居然出現了。」

陽葵心跳加速，焦急地庇護瑛里華：「她、她是我別校的朋友，跟你們沒有關係……」

「妳給我閉嘴！」井戶根吼完，恫嚇瑛里華：「江崎瑛里華，妳是哪個學校的？笹館學長的女人發現妳在當YouTuber，可是妳不是芳西高中的吧？梶梅學長和榎垣學長是妳殺的嗎？還有尾苗。」

陽葵感到恐懼。她想起了紗奈。紗奈在體育館反抗了井戶根和尾苗，可能因為這樣而丟了性命。不能讓瑛里華和井戶根扯上關係。

陽葵推開瑛里華，要她逃走：「快離開！」

可是瑛里華並沒有孱弱到會被她推走。她面無表情地停留在原地。

「喂！」井戶根從後面一把揪住陽葵的頭髮。「妳礙什麼……」

頭皮只有短短一瞬間感覺到痛。瑛里華的手飛快地伸向井戶根的下巴，牢牢地握住。可能是以極強的握力抓住，傳來關節錯位般的聲響。井戶根發出痛苦的叫聲，放開陽葵的頭髮。

緊接著，瑛里華的雙手以肉眼無法捕捉的速度，朝井戶根的臉上一陣亂打，血、汗，各種液體噴濺而出。舞蹈高手能以倍速跳舞，但瑛里華的速度比這還要快。她垂直跳起，朝低頭的井戶根的鼻粱送出一記膝擊，緊接著在滯空時使出水平踢。井戶根折成く字形往後飛，背部撞在路邊倒閉的店家封門的合板上。

瑛里華以幾乎掀起風壓的速度，一瞬間拉近與井戶根的距離，同時使出左右手刀和單腳踢擊。合板就像漫畫一樣破出一個人形大洞，井戶根倒進廢棄店家裡。

四下沒有人影，巷弄也無人往來。瑛里華抓起井戶根一邊腳踝，也不特別感到沉重的樣子，把他拖到馬路上。瑛里華右手一把抓住井戶根的大平頭，讓他在呆若木雞的陽葵面前抬起頭。

「發誓。」瑛里華沉聲細語道。「說『中澤同學，我再也不敢來騷擾了』。」

「中、」井戶根淌著鼻血，門牙也斷了。他滿臉驚恐，擠出模糊的聲音。「中澤同學，我再也不敢來騷擾了。」

瑛里華就像丟擲飛盤一樣，用一隻右手將井戶根朝後扔去。只是這點動作，井戶根便飛出異常遙遠的距離，摔在路面上，差點被剛好轉彎過來的小卡車撞到。喇叭聲震天價響中，井戶根死命地爬起來，狼狽萬狀地逃走了。

對陽菜來說，這是衝擊性十足的景象。因為過度脫離常軌，她的理解跟不上，只是茫茫然地看著瑛里華。「呃，那個……」

瑛里華面無表情地指著公寓大門：「進去吧。今天為了保險起見，天黑以後不要出門。」

「可是妳……」

「別管那麼多了。有話下次再說。」

儘管困惑，但瑛里華沒有拒絕繼續見面，光是這樣就讓陽菜感到安心。現在或許應該聽從瑛里華的指示才對。

陽菜就要走向公寓大門，卻忽然停下了腳步。門上的玻璃倒映出自己的臉。她的目光移向背景，卻不見瑛里華的身影。

她倒抽了一口氣回頭，巷弄裡已經沒有人了。剛才差點撞上井戶根的小卡車加速通過。路上餘留的，就只有飛揚的塵埃。

18

懸野高中的校舍一樓，樓梯口旁邊的空教室是體育用品倉庫。白天的下課時間和放學後，笹館一夥人都在這裡流連。以前的話，總是有大批跟班擠在這裡，就像在聚會一樣熱鬧。

今天也到了午休時間。一A的井戶根蓮一如往常，前往他們的老地方，然而那裡冷清的情狀，讓他幾乎說不出話來。布滿灰塵形同儲藏室的室內，只有三年級的笹館和二年級的菅浦。

今天要過來這裡，讓井戶根憂鬱萬分。因為他知道要挨兩個學長的刮了。週末他疏於連絡了。學長們問他出了什麼事，他報告經緯，不出所料，笹館暴怒。

笹館怒不可遏，一把抓住井戶根的衣襟：「你見到那女人了？見到江崎瑛里華了？為什麼不立刻通知我？」

「那是、呃……我照著笹館大哥說的，在那個叫中澤的女生家前面守著，沒想到她居然會一起出現……」

「你臉上的傷變多了，是被揍了嗎？」

「……對不起。」

「你知道怎麼把蛋糕切成三等分嗎？」

「當然知道啊，切成Y字型就可以了吧？」

「就算你這樣想，真的有辦法切成平均的三等分嗎？」

「會啊，就小心切成大概一樣的大小。」

「不是應該用筆盒裡面的什麼東西嗎？」

「什麼？筆盒……我不懂耶。」

「你是真的不懂？」

「自動筆的筆芯……之類的？」

「量角器。」

「……喔……」

笹館一手抓著井戶根的衣襟，另一手抽出有如菜刀的大刀子。刀身一側呈鋸齒狀，是所謂的野外求生刀。笹館把刀尖抵向井戶根的鼻頭，大吼：「叫你用量角器！讓刀子可以切在一百二十度上！」

地。

笹館不等回應，粗魯地推開井戶根。井戶根的背撞在跨欄和軟墊上，跌倒在

沒有被瑛里華拋飛時那麼痛，但他還是裝出痛苦不堪的樣子蜷縮起來。要是擺出沒怎樣的態度，等於是在要求私刑。

菅浦怯怯地說：「笹館大哥，這小子笨歸笨，可是應該不像書上寫的那樣，是智能還是什麼不足。再怎麼說，他也考上高中了嘛。」

笹館煩躁地用力搔頭：「書上說，就是智能或是認知能力不足，別說更生了，連反省是什麼意思都無法理解，所以才會變成不良混混。還說不知道怎麼把蛋糕切成三等分的，就是這種人。」

「哦，我爸媽也很愛看那本書。」

「真是瞧不起人。可是，」笹館俯視井戶根。「就是因為有你這種白痴，大人那種去他媽的胡扯蛋才會被當成一回事。」

井戶根當場下跪：「對不起，真的對不起！」

菅浦繼續為井戶根辯護：「這小子只是討厭唸書，不是真的笨啦。」

成績爛的不只井戶根一個人而已。已死的尾苗也跟井戶根一樣，一年級第一學

期就已經滿江紅了。三年級的笹館和二年級的菅浦應該也成天都得接受課後輔導。

確實，井戶根對自己的笨也有自覺，但他也是付出了努力，還調查了一下事實。昨晚他也一直抓著手機，在各處論壇提出問題：警察靠鑑定屍體的DNA查出來的死者身分，有沒有可能出錯？

回答都很明確：既然警方公布了結果，鑑定就是百分之百可信。若是有任何一點可疑之處，警方絕對不會斷定，媒體也不會公布死者姓名，更不可能舉行葬禮。

就算看電視，主播那文謅謅的說話方式也讓他一下子昏昏欲睡。但即使是這樣的井戶根，也能理解一件事：有坂紗奈已經死了，這是無庸置疑的事實。

既然如此，那個叫江崎瑛里華的女人是什麼人？他第一次在極近的距離面對瑛里華瞪過來的眼睛。那熊熊燃燒般凌利的眼神，讓他覺得完全就是紗奈的眼睛。但如果說出這種話，只會再次被懷疑智能有問題。

笹館逼問：「那個『長髮女人』就是江崎瑛里華嗎？是她殺了梶梅他們的嗎？」

「這……」井戶根支吾其詞。「這部分還不是……」

菅浦皺眉：「怎樣？既然都能把你打成這樣了，不可能是別人吧？」

「是這樣沒錯，可是……」井戶根實在無法不說出口。他在思緒混亂之中說：「我就是覺得那個女的是有坂紗奈……」

沉默。笹館逼近過來。井戶根以為要挨踢了，但笹館蹲下來探頭看他的臉：「你在懷疑有坂紗奈沒死？」

「不是。」要是再被認定是白痴就麻煩了，井戶根連忙辯解。「聽說DNA鑑定不會錯，她也真的死掉了。」

笹館露出有些傻眼的表情，就像在說「現在才在說這什麼蠢話」，再次站了起來，和菅浦交換了某些眼色。感覺也像是在默默怨嘆：手下只剩下這種蠢貨了。

世上不可能有鬼。得好好把持住理智。就算腦子不到被稱讚聰慧的程度，井戶根也清楚什麼是事實。死人不可能復生。只要牢牢記住這一點就行了。

笹館喃喃：「餓了，想吃咖哩麵包。」

「我也是。」菅浦附和。

跑腿是低年級生的差事。井戶根爬了起來：「我去買。」

他淌著冷汗，走向拉門，把門往旁邊推開，就要跨出去走廊的那一刻，整個人驚嚇地定住了。

眼前站著一個女學生。穿著懸野高中的制服，瀏海蓋住眼睛。緊實苗條的身軀和江崎瑛里華一樣，可是看起來有些不同。蒼白的皮膚毫無生氣，是自己想太多嗎？

對方沒給他深思的時間。女學生冷不防使出一記前踢。沉重的衝擊直達內臟，井戶根踉蹌著往後退，一屁股跌坐在地，接下來仍麻痺不止，就好像像觸電一樣。感覺和瑛里華那時一樣。

笹館和菅浦也露出驚愕的反應。但女學生立刻離開原地，從走廊逃走了。在高年級生面前，不能就這樣任人打了就跑。井戶根一手撐地，忍痛站起來。

「井戶根！」笹館把求生刀拋了過來。鋒利的大刀滾到腳邊。武器被交到手中了。井戶根握住刀柄，從拉門跑出走廊。

許多男女學生在走廊來來去去，但他仍一眼就鎖定了貌似瑛里華的女學生背影。她跑上中央階梯，井戶根猛地追上去。可能是因為他握著求生刀，其他一群女生發出尖叫。這群女生吵死人了，井戶根真想把她們一個個抓來血祭，但現在他有必須先達成的任務。

井戶根衝上階梯。擦身而過的男生們發出驚呼，女學生們嚇得縮成一團。井戶根悟出不知不覺間，自己跨越一線了。別說擔心被停學了，還可能會被退學——不，或許會被報警，但他已經騎虎難下。不能放任那個女鬼作亂。

跑上二樓時，看見那名女學生的背影繼續往上跑。他繼續追向三樓。遇到的學生變少了。三樓都是社團教室和特殊教室，午休時間沒什麼人會去。

繞過平台，繼續跑上階梯，進入三樓走廊。長髮女學生跑掉了。沒有其他人影。井戶根全速追趕。女學生衝進盡頭處音樂室旁邊的拉門。她的身影一消失在室內，門便「砰」一聲關上了。

我宰了妳！我要替尾苗報仇！不光是這樣而已。既然笹館把武器給了他，他不可能空手而歸。就算會被送進少年觀護所，現在也要把那個女鬼給宰了。我要在夥伴裡爬上受人尊敬的位置。

情緒莫名亢奮，無法思考更多的事。井戶根來到拉門前，一口氣把門打開，踏進裡面。

這個房間相當狹小，面積不到一般教室的四分之一。左右架子上並排著長號、法國號和上低音號，看得出是管樂社的準備室。窗邊不知為何，孤伶伶地擺了一組課桌椅，桌上橫放著一把長笛，還有一只花瓶。瓶裡插著菊花和康乃馨。

井戶根全身凍結了。長笛和花。雖然他第一次看到，但根本用不著思考這意味著什麼。花是管樂社社員為了追悼有坂紗奈而放的，長笛應該是紗奈的遺物。

室內沒有人。女學生不知道消失到哪裡去了。

但疑惑也只有一剎那，人影突然從天而降。如同文字形容，女學生從天花板筆直落下，在井戶根眼前，連膝蓋也沒彎就落地了。

抓著刀子的手隨即被握住，使勁往外側扭。女學生鐵鉗般的指頭夾上來，前臂肌群有好幾條被扳彎了，導致井戶根握力鬆弛，五指張開。

他連對自己的身體出現的異變驚愕的時間都沒有。女學生反手搶過刀子，瞬間劈向他的胸口。

與其說是痛，感覺更是灼燙。伴隨著火燒火燎的熱度，井戶根目睹大量鮮血迸射而出。他發出尖叫。瀏海遮眼的女學生不顧全身淋到他噴出來的血，縱橫劈劃求生刀。不只是割開皮肉，連肋骨都被砍斷。不曾體驗過的痛苦籠罩住井戶根。喉嚨哽住了。隨著嗆咳，一口氣嘔出鮮血。

雙手抬不起來。他體感到肌力逐漸被剝奪，也就是死亡正在降臨。女學生將刀子水平後拉，接著朝井戶根的心臟深深捅刺進去。

胸口深處有東西破裂了。嘔吐感讓大腦朦朧。井戶根彎膝，仰向摔倒。他看見天花板。也看見女學生瀏海底下的眼睛了。果然是有坂紗奈的眼睛。

女學生拿起花瓶，朝井戶根的胸口砸下去。花瓶命中刀柄，裂成碎片。水滴灑在臉上。井戶根勉強還能感覺到冰涼，緊接著一切的知覺斷絕了。苦悶之中，井戶根落入了無明的黑暗深淵。

19

學校停課了。連靠近懸野高中都很困難。據說警方持續現場搜證，調查校舍的每一個角落。媒體記者連日蜂擁而至，連鄰近居民都被堵麥攝影。電視台的直升機不斷地在上空盤旋。

笹館麴被限制行動自由。白天被叫到川崎署，入夜之後等父母來接，才總算被放回家。住家前面也有偵防車守著。隔天早上又被要求到警署報到。名義上是自願配合，但若是拒絕，就會有大批警察殺到家裡。笹館試過一次任意外出，立刻遭到追蹤，在大馬路上被攔下來盤問。他想要默默走掉，支援的警車陸續結集，結果只能乖乖被帶去警署。

笹館現在的日常，就是被關在一間充滿閉塞感的偵訊室，而不是寬闊的會議室。或許是因為夥伴數目劇減的關係。坐在折疊椅上的菅浦總是低著頭，雙手抱頭。坐在他旁邊的笹館則是相反地靠在椅背上，大模大樣。老師勸笹館穿制服，但他悍然拒絕，從頭到尾只穿便服。又沒有要去學校，穿什麼制服？莫名其妙。

因為暑熱，刑警們也都只穿襯衫。除了生活安全一課的須藤和津田，還有其他不知名的刑警們一個個輪番進來，狹小的室內隨時都有十人左右。光靠嵌了鐵格子的窗戶換氣，無法完全抑止溫度上升。

須藤刑警一個人站了起來，眺望窗外。「兒童精神科醫生說，所謂的不良少年，很有可能是因為大腦成長不完全，根本沒有能力學習常識。我們也覺得要是這樣，實在很讓人同情。」

昨天是徹底斷罪，今天是憐憫嗎？笹館頂撞：「要把蛋糕切成三等分的話，我現在就可以切給你看。」

「是啊，總比把人剁成三片要好多了。你要示範怎麼耍那把菜刀一樣的大刀是嗎？」

「什麼意思？」笹館發飆。「就說人不是我們殺的，你有完沒完！」

「我們也受夠了。」須藤刑警轉向笹館。「你們說井戶根追趕長髮女生，結果反而被她殺了？那個房間除了井戶根以外，明明就只有你們兩個。」

「我們是後來才進去的。」

「去幹嘛？別想胡扯什麼你們兩個在那裡合唱，想要讓井戶根安靜下來。」

「我不跟你們扯了。叫律師過來，不要都只去我們爸媽那裡。」

「就算律師過來，你們那種態度，只會讓印象變差喔。往後在各方面都是。」

「發生了什麼事，不是都已經講到爛了嗎！」

當時，笹館和菅浦一起跑上樓梯，但為了和井戶根拉開距離，故意跑得慢一些。理由是井戶根手裡抓著求生刀。當然，武器是笹館塞給井戶根的，但他並不打算成為共犯。在人多的校內堂而皇之地犯罪的蠢蛋，一個低年級生就夠了。也就是槍手。只要井戶根解決「長髮女人」，光是這樣，威脅就解除了。

然而還沒跑上三樓，就聽到了井戶根的慘叫聲。兩人轉為全力衝刺，來到三樓走廊。管樂社準備室的拉門敞開著，室內一片血海。井戶根仰躺在地，胸口深深插著那把求生刀。不知為何，井戶根全身濕淋淋，貼著許多花朵。好像被投擲了花瓶，碎片散落一地。

坐在對面的津田刑警冷冷地轉向笹館：「你說的長髮女學生消失到哪去了？」

「我哪知道？」笹館憤憤地說。「一堆人應該都看到井戶根在追女人了。」

「但幾乎所有的學生都聲稱只看到井戶根。說他就像殺人狂一樣手裡抓著刀，凶神惡煞地跑過去。」

「也有人說看到女人了吧？」

「是有幾個人。可是那些人要說的話，算是你們這夥不良學生的支持者，難說是正派好學生。」

「到底誰說的才是對的，好好查一下好嗎？其他人是故意不提。」

「不提有一個不應該出現在校內的陌生女學生嗎？這要是事實，為什麼他們非隱瞞不可？」

「為了陷害我們啊。」

「為什麼要陷害你們？」

「那是……」

「看來你也知道自己有惹討人厭嘛。」

令人不爽的誘導詢問。笹館滿懷憤懣，連珠炮似地說：「這年頭走廊居然沒有監視器，是校方行政怠慢吧？」

「要是有監視器，你們還不是會抗議？學校說親師會反對裝監視器，理由是會侵犯學生隱私。」

「屁話。」

「我會轉達校長，說笹館支持裝設監視器。要是你家也裝個幾台，對警方幫助會很大。」

「監視對象都只剩兩個了，還嫌不夠輕鬆？」

這時，菅浦忽然抬頭。他滿臉憔悴，細聲問：「刑警先生，你說鑑識結果要幾天才會出來，還沒出來嗎？」

須藤向一名刑警使眼色。一份不是筆錄的檔案交到須藤手上。須藤打開檔案說：「在這裡。不通知你們不算公平，所以告訴你們一聲好了。刀柄沒有驗出你們的指紋、汗水或皮屑。花瓶的水沖掉附著在上面的東西了。」

沒有催促，就不透露重要資訊，十足警方作風。笹館咬上去：「沒找到可疑的DNA還是指紋那些嗎？」

「問題是，」須藤翻頁。「井戶根的血流了滿地，導致難以驗出其他跡證。能夠採集到的跡證，都查到是進出那個房間的學生和老師的。還有你們兩個的汗和室內鞋印。」

「井戶根剛被刺死我們就進去了，就算有我們的汗跟腳印也很正常。」

菅浦兀自發出呻吟的聲音：「進出房間的學生和老師留下的跡證……裡面也包括有坂紗奈嗎？」

沉默擴散開來。刑警們的視線交錯。須藤瞥了津田一眼，目光又回到文件上：「嗯，雖然只有一點，但有驗到。」

津田刑警立刻補充：「那個房間沒什麼人會去，但有坂紗奈同學生前經常待在那裡。她是管樂社的嘛。從半年前留下的物品找到DNA，也是有可能的事。」

「可是……」菅浦以空洞的眼神望向津田。「照刑警先生這種說法，應該是滿罕見的吧？」

室內再次陷入寂靜。津田默默交抱起手臂，仰望須藤。須藤表情僵硬地哼了一聲，把檔案扔到桌上。

「是很罕見。」須藤刑警淡淡地說。「或許是變鬼出現了。因為實在無法放過你們。」

笹館怒火中燒：「你少瞧不起人！」

「對你旁邊的朋友說！」須藤厲聲喝道。「要是怕鬼出來作祟，想要招了，我隨時奉陪。沒有什麼比這更能安慰你們死去的朋友了。記住，你們只剩下這條路可以走！」

20

阿巖要求笹館繳納大筆規費，但笹館一天二十四小時都被警方盯得緊緊的，他甚至沒辦法去搶劫或闖空門。

迫不得已，他把這件事告訴阿巖。結果阿巖說，只能找出那個「長髮女人」了。除非證明連續殺人是女人幹的，否則笹館和菅浦的嫌疑永遠洗不清。阿巖也說組裡要求他拿出俱樂部的修繕費。他那裡似乎也容不得笹館一直拖欠下去。

笹館確信「長髮女人」就是江崎瑛里華。井戶根死前監視一D的中澤陽葵時，陽葵好像帶著瑛里華現身了。既然如此，擄走陽葵，逼她吐出女人的所在就行了。這是阿巖的想法。

一個陰天的日子，難得警署沒有叫笹館去報到。下午五點多，阿巖開著一輛頗大台的單廂車過來，讓笹館乘上副駕駛座。看到後車座堆放的東西，笹館緊張得全身僵硬。除了膠帶、繩索和刀子以外，還躺著一把獵槍。還有黑道俗稱「蓮藕」的短槍身左輪手槍。

太陽幾乎快沉沒了。車子在市電大道載上菅浦。今天菅浦負責四處打聽。駕駛座坐著阿巖、副駕坐著笹館，菅浦則坐在後車座。菅浦在往前開去的車子裡上身前探說：「中澤陽葵不在家，她好像去警署了。學生都被輪流叫去了。」

笹館覺得奇妙：「井戶根被刺死的時候，中澤又不在附近。」

「好像是警方問過被井戶根找碴的學生，有學生說井戶根和尾苗一起，鬧過中澤加入的舞蹈同好會。有人去跟班導告狀吧。」

今天沒有把笹館和菅浦叫去，就是這個理由嗎？警方似乎想要向其他學生詢問線索，結果搞到中澤陽葵不在家。那個刑警也真會找麻煩。笹館回頭看菅浦：「應該不會花多久時間吧？」

「對，可是也不能守在警署前面……在中澤家前面等，她應該很快就會回來了吧？」

「也只能這樣了。」笹館轉向前方。「巖叔。」

「好，去那個女生家是吧？」阿巖轉動方向盤，車子折回第一京濱道路的方向。

「那個，巖叔。」笹館問道。「連絡不上佐和橋老爺子嗎？」

「他說要去沖繩，人就這樣不見了。應該是看到新聞，避風頭去了吧。」阿巖氣憤地嘆氣說。「那個老爺子很沒節操，跟菲律賓嫩妹交往也就罷了，好像反過來被騙，錢全被偷走了。」

雖然也不怎麼好笑，但笹館苦笑附和：「什麼鍋配什麼蓋呢。年紀也差很多吧。」

「是啊，那種老頭子，也不可能有二十幾歲的女人要。老頭也是，不能打炮似乎寂寞得受不了，明明被騙得那麼慘，又跟那女的重修舊好了。」

「真的假的啊？那個老爺子沒有加入幫派，光靠幫忙處理有問題的屍體，靠做這個過活嗎？」

「仔細想想，只是像那樣把屍體載去深山燒掉的話，也沒必要拜託他嘛。結果連我們也被抓去現場幫忙。」

「我從一開始就這樣想了。因為燒得那麼招搖，一下子就曝光了，隔天連死者的身分都被報出來了。」

「我還以為他會用更小心一點的方法咧。嗳，就算這麼說，我自己也想不到屍體能怎麼處理，既然老爺子認為只能那麼做，那應該是最好的做法了吧。」

「總比丟進海裡要來得好嗎？」

「警方到現在還是查不到證據，不是嗎？這才是重點啊。要是留下證據，我跟你們老早就已經被抓了。但因為老爺子那一燒，全都燒得一乾二淨啦。」

「不過三具屍體兩三下就被發現了。」

「要是能用超過八百度去燒，連骨頭都不會留下。不過只是在車上灑汽油，聽說最高也就五百度了。毀屍滅跡真的很難。就算丟進水裡，遲早也會浮上來。所以只好投靠經驗豐富的佐和橋老爺子了。」

「灑汽油連車一起燒掉，我們自己也做得到。」

「但逗子這個地點，就很難想到了。那一帶沒有街頭監視器，這就是佐和橋老爺子的智慧。人家的年歲可不是白長的。」

單廂車開進南町的巷子裡。拐過幾個轉角後，前方出現一棟七層樓公寓。這裡的話，路寬可容納兩輛車子。阿巖把車停靠到路邊。

阿巖環顧周邊：「沒看到條子。」

三人等了一陣。公寓旁邊是一家倒閉的店家，封門的合板破出一個人形大洞。笹館努努下巴：「菅浦，那啥？」

「不曉得，惡作劇吧？」菅浦的聲音一下子緊張起來。「笹館大哥，來了。大概就是那個。」

笹館望向菅浦指示的方向。後車座不管是兩側還是後窗，玻璃都貼了膜，從外面看不到車子裡面。

有兩人從巷子走過來。一個是穿懸野高中制服的女生，個子相當高大，以前也在美術室見過，毫無疑問就是中澤陽葵。她提著一個近五十公分長的橫長袋子。另一個年約四十多歲的女人穿著連身長裙，長得和陽葵很像，一定是陪她去警署的母親。

菅浦問：「那個長提包是什麼？」

「長笛吧？」笹館整個身體轉向後方。「有坂紗奈的遺物，大概是沒有其他人要收下吧？」

原本是在管樂社的準備室和鮮花一起供奉的遺物，但警方似乎認為沒必要更進一步調查了。聽說室內其他的樂器，物主的社員也都因為害怕，要求處理掉。警方似乎答應了學生的要求。

聽說未破案的命案裡，現場的證物大部分都由警方長年保管。看來偵查人員完全沒把井戶根的死當一回事。或者是他們藉由尊重一般學生的觀感，想要從心理層面壓迫笹館等人？能夠獲得正當對待的，就只有正常的學生，蒙上殺人嫌疑的不良少年沒資格被平等對待。那個叫須藤的刑警竟如此露骨地大小眼。

阿巖的車沒有熄火。「開得夠近了再動手。」

菅浦做出準備起身的動作，手抓在側門把上。「明白。」

母女沒有特別提防的樣子，一路走過來。家門近在眼前，會鬆懈或許是當然的。笹館很佩服選擇這個地點埋伏的阿巖。他們運氣很好，剛好無人經過，現在也沒有車輛行經。

車門打破寂靜往旁邊滑開，刺耳的聲音響徹四下。戶外空氣撲進車子裡。菅浦從後車座跳了出去。母女露出驚訝的表情怔立原地。菅浦抱住陽菜，想要把她拖進車子裡，但母親不肯放開陽菜的手，拚命拉住她。菅浦揮拳毆打母親的臉。揍了好幾拳，母親都倒在地上了，仍不肯放開女兒。

陽葵反抗起來：「媽！」

菅浦朝地上的母親踢踹，總算是甩開了她的手。陽葵哭喊著，手腳不停踢打。菅浦輕鬆抱起這樣的陽葵，跳進車子裡。

滑門還開著，但阿巖緊急發車。陽葵的尖叫響徹周圍，形同對著大街小巷宣傳這裡發生了擄人案。

笹館一陣暴躁：「快點摀住她的嘴！」

尖叫立刻轉為沉悶的低吟。菅浦用膠帶貼住了陽葵的嘴巴。似乎沒工夫拿繩索綁她，菅浦拉長了膠帶，纏住她整個身體。雖然成功把陽葵的手固定在身後，但她的腳在車子裡不停地踢蹬。菅浦抓起刀子，抵在陽葵的喉嚨上，陽葵終於做出倒抽一口氣的反應。菅浦把陽葵的雙腳也用膠帶捆起來。

變成膠帶木乃伊狀態的陽葵完全動彈不得，只能躺在後車座。車子裡總算安靜下來了。菅浦關上滑門。

這段期間，阿巖仍在巷子裡忽左忽右地疾馳，最後衝出新川大道，直接闖紅燈穿過十字路口。他不理會大量的喇叭聲，加速頻頻變換車道。

「好了，」阿巖轉動方向盤喃喃道。「問題是接下來該怎麼辦？」

笹館一陣錯愕：「沒決定要去哪嗎？」

「真教人體會到佐和橋老爺子的偉大吶。哪些地方沒人監視，他瞭若指掌。」

陽葵的嗚咽傳入耳中。笹館回頭：「菅浦，她的手機呢？」

「拿到了。」菅浦出示手裡的手機。「這支。」

「關掉電源。剛才的老太婆一定已經報警了。」

「是。」菅浦滑起手機。不能任由定位資訊持續發出。

這台車用的是假車牌，就算被陽葵的母親記住車號，警察也抓不到他們。即使蒙上綁架嫌疑，現在的首要之務是要陽葵開口。必須問出「長髮女人」的所在。抓到那個女的之後，要她供出一切犯行，把錄下自白的USB和屍體隨便找個地方丟棄。只要不留下證據，就查不到綁匪是笹館他們。反倒是警方會因為之前完全搞錯對象，得反過來向他們道歉。

阿巖後盾的黑道，最後也會幫忙笹館吧。失去笹館供應的規費，對組裡來說應該也是一大損失。

往後為了籌措高額規費，必須不斷地搶劫。但只要能撐過現在就行了。很快地，他的表現也有可能獲得肯定，得到比阿巖更有力的大人青睞。

天空的紅色轉濃了，但幹線道路目前並未壅塞到塞車的程度。很快地，車子在大師交流道轉彎，進入首都高速公路神奈川六號的入口斜坡。開上高速公路了。阿巖的意圖很快就清楚了。他正開往東京灣跨海公路。車子在漫長的地下隧道高速前進，很快便來到了上坡。前方是延伸在海上的道路。夕陽將海面照耀得眩目異常。

沒有人開口，只是默默地進行這場兜風。陽葵不時發出尖銳的呻吟，就像在呼救。「吵死了！」菅浦一喝，賞了她一巴掌，又安靜了一陣。這樣的狀況反覆上演。

笹館緊盯著前方。跨海公路的盡頭，光輝的大海另一側，染成橘色的陸地逐漸現身。是千葉縣的木更津。隔著港灣的工業地區和市區，是一片廣大的綠意。也有連綿的低矮山脈。

不知為何，過往的記憶朦朧地掠過腦海。笹館生長在父母的虛張聲勢臭不可聞的家庭裡，尤其母親特別囉唆。笹館小五的時候在商家偷竊，故意被抓，就是要做給母親看。母親一直以為兒子才沒有勇氣反抗父母或社會。

國中的時候，笹館拿著打火機四處放火，把看不順眼的同學的置物櫃裡面整個燒掉。他靠著勒索弄到玩樂的錢，也學會了偷取自動販賣機現金的訣竅。離開少年觀護所後，結夥搶劫很快就成了他的日常。

母親一再被叫去學校。她是個笨女人，老是只會頂撞老師。凶器是朋友請他保管的東西，恐嚇和強盜的主謀是別人——她完全聽信笹館的這些謊言，直接拿去向老師申訴。

笹館早就發現，她這些作為不是為了兒子，也不是真心相信這些謊言。她只是出於自保，不願承認自己把孩子教壞了的事實。她把自己的理想強壓在幼少時期的孩子身上，結果孩子因此自毀前程，只差一點就要流浪街頭了。母親就算被追究責任，也假裝不在乎，繼續欺騙自己。她最好就這樣一輩子扛著這份罪責，痛苦地活下去。這兩個老貨就是凶惡罪犯的父母。

車子進入木更津，但剛下高速公路的那一帶相當繁華。有許多平地。為了尋找遠離人煙的地點，一行人四處遊蕩，天色漸漸暗下來了。就算找到有點規模的山林，附近也都有新興住宅區等等，也有許多高爾夫球場的招牌。

接近入夜時分時，終於找到類似逗子的山路了。結果除了重現先前的犯罪手法之外，他們別無他法。車子逐漸深入雜木林。

單廂車偏離道路，鑽進樹林裡，最後停下。笹館打開車門，走出車外。

也許是因為被自然所環繞，雖然時值夏季，卻頗為涼爽。天空帶著靛藍，但幾乎已經算是入夜了。不知名的鳥叫聲迴響著。阿巖熄掉引擎。靜寂擴散開來。熄掉車頭燈後，四下陷入一片漆黑。

滑門打開的聲音響起，陽葵被推到地面。陰暗中依稀看得到木乃伊狀態的陽葵倒在地上。雖然很想用手機燈光照亮，但又不希望有人從遠方注意到光線。

菅浦埋怨：「我不想幹醜八怪，要她招出來就行了嗎？」

一片黑暗中，根本看不清楚女人的臉。性欲沒有失控，其實另有理由。他想要知道「長髮女人」的所在。在沒有問出這件事以前，無法安心。如今笹館才自覺到自己是多麼地走投無路。想要抓住那個女人。只要能達到這個目的，暫時什麼都不需要了。

阿巖站在附近警告：「喂，菅浦，撕掉女人嘴巴的膠帶，她馬上就會尖叫。」

菅浦的人影折回車子：「那，巖叔，可以借一根長一點的傢伙嗎？」

菅浦彎身在車子裡開始挑選凶器，搞了老半天。似乎是太暗了，看不清楚。

笹館焦急地出聲：「菅浦，一下子就關掉的話，開車內燈也沒關係啦。」

燈光乍然亮起。菅浦在車子裡蜷著背。燈馬上又熄了。可以模糊地看見菅浦拿出來的東西，是一把收在白鞘裡、沒有護手的長脇差日本刀。是黑道御用的長傢伙。

菅浦從刀鞘裡抽出刀來。刀長超過六十公分。躺在地上的陽葵發出悲痛的呻吟。

菅浦跪到陽葵旁邊，舉起長刀。「現在就讓妳說話，如果不想被這傢伙刺穿心臟，絕對不許叫啊。我們要問妳的事就只有一件，長髮女人在哪裡？」

菅浦從人質嘴上撕下膠帶。笹館催促陽葵：「快點回答！妳想變成跟有坂紗奈一樣嗎？」

一陣沉默。陽葵的臉僵住，顫聲細語：「果然……」

「果然什麼？果然是我們殺的嗎？」

菅浦訕笑著：「現在就讓妳好好嚐嚐她死前是什麼感受。如果不想，就快點招！長髮……」

黑暗中，銀色的刀刃忽然旋轉著飛過空中。是菅浦揮舞長刀嗎？不過感覺時機相當不自然。

然而笹館還來不及提出疑問，菅浦就發出了混濁的聲音。聲音聽起來像醉鬼嘔吐。阿巖似乎以為菅浦在搞笑，笑了起來。

然而菅浦整個人往後仰去。笹館在黑暗中凝目細看，發現菅浦的肚子插出刀刃的尖端。有什麼東西淋到臉上。好像是血花。刀子忽然消失了，卻又再次貫穿身體，從旁邊一點的地方插出來。刀子一次又一次從菅浦的背部到腹部穿刺而出。每捅一下，菅浦的全身便隨之痙攣，仰頭對著夜空，發出動物般的叫聲。

菅浦好像還沒有斷氣，揮舞著雙手像在求救。他還發出窩囊的哭聲，似乎不僅是痛楚，還身陷恐懼。不過哭聲持續不了幾秒。銀光一閃，刀刃劃出水平的暗光，菅浦的聲音止息了。同時液體噴灑出來，菅浦的腦袋就像彈簧機關一樣，畫出拋物線朝這裡彈過來。

「哇！」笹館忍不住驚叫，用手拂開飛到眼前的一團東西。手好像打到了溫暖的臉頰。

阿巖也連忙後退。菅浦的腦袋掉到地上，黑暗之中，仍朦朧浮現仰望著這裡的凍結表情。

陽葵拚命發出悶哼。菅浦的身體失去脖子以上的部位，脫力側倒。陽葵彎曲雙腳，把屍體踢開。

所謂超乎現實的恐怖，肯定就是眼前上演的這一幕。笹館的體溫徹底被剝奪，陷在近乎異常的惡寒當中。他還能站著，或許是因為全身的血管都凍結了。手腳就是如此冰冷，讓他情不自禁這麼想。

漆黑之中，隱約浮現懸野高中的夏季制服。微風將樹木枝葉吹得嘩嘩作響，女高中生的長髮也跟著飄揚。瀏海遮住了眼睛，白皙的肌膚看起來正幽幽發光。那個女人拿著長刀，佇立在那裡。

21

一片漆黑。有坂紗奈躺在小廂型車後車廂裡，在貨台內搖晃著。

父母和她躺在一起。和他們相觸，紗奈想起了兒時鑽進父母的床上，要他們陪睡的過去。與那時候不同的是，他們的皮膚正漸漸變得冰冷。

冷得要命。因為她赤身裸體。紗奈仍然一絲不掛。臉部陣陣辣痛。之前被打了好幾下，感覺麻痺了，但現在痛覺又漸漸回來了。她想抬手觸摸自己的臉頰，卻連一根指頭都動不了。身體使不上力。

小廂型車又繼續開了一陣，不久後感覺車子減速了。輪胎駛過凹凸不平的地面，很快地停了下來。

傳來駕駛座車門開關的聲音。沒聽見說話聲。不良集團稱為佐和橋老爺子的老人，是這台小廂型車的駕駛。沒有其他乘客。佐和橋說目的地是逗子。事先說明的路線，是從橫濱橫須賀道開到十六號公路。佐和橋指示剩下的人，另一台車和機車隊走環狀二號線到逗子，還叫他們要遵守速限。

紗奈不覺得已經過了高速公路。感覺也幾乎沒過多久。這裡真的是逗子嗎？

後車廂蓋彈開來。禿頭大眼、年近八旬的老人俯視著紗奈。佐和橋雙手伸過來，抱起紗奈。儘管年事已高，他的臂力卻很大。就像放下行李一樣，紗奈的身體被丟到地上。地面鋪了條毯子，但泥土的冰冷滲入肌膚。紗奈想要屈起身體，卻連這都做不到。肌力完全沒有恢復。她只能手腳癱軟，仰躺在那裡。

她自覺到雙眼都沒有完全打開。眼皮好像腫起來了，但還是看得到一些東西。她看到夜空。周圍被空心磚牆圍繞著。是狹窄的庭院，面對一棟簡陋的木造平房。平房有簷廊，一個瘦女人趿起涼鞋跑下庭院。

女人看上去二十出頭，留著娃娃頭，穿著印花洋裝。連珠炮似地說出口的不是日語。她用看家畜般的眼神瞥了紗奈一眼，激動地向佐和橋抗議。

佐和橋用日語吼她：「囉唆！這是我的生意，妳閉嘴一邊去！」

然而女人不服輸，愈罵愈大聲，偶爾夾雜著英語的髒話。

「啊？」佐和橋額頭青筋畢露。「妳偷了我的錢，還跟外面的混混搞在一起，這個被幹爛的破麻！光是給妳地方睡，就該感謝老子了！」

女人指著紗奈嚷嚷個不停。紗奈不知道她在說什麼，然而女人開始用涼鞋底踩踏紗奈的裸體。

「混帳！」佐和橋一把推開女人。「妳又嗑藥了是吧？該不會動了我的藥吧？」

女人搖搖晃晃地後退，差點就要一屁股跌坐在地，勉強撐住沒有倒下，但仍憤憤不平地吼著。她朝地上啐了口口水，轉身背對佐和橋，快步往簷廊走去，嘴裡咕噥著什麼。紗奈聽見女人撂話的後半，像是說了call the police。她打算報警嗎？

佐和橋從地上撿起一塊大石頭，衝向女人背後，朝她的後腦勺砸下去。

紗奈一陣驚愕。女人往前仆倒，佐和橋朝她的腦袋一次又一次砸下石頭。女人癱軟不動後，他抬起她的上半身，使勁撕破衣服，粗魯地扯下內衣褲，剝光之後扛到肩上，踩著紮實的步伐前往小廂型車，丟進貨台裡。佐和橋把貌似菲律賓人的女人頭朝車內，和紗奈的父母一起橫陳在車子裡，猛力甩上後車廂蓋。

一連串的動作沒有半點遲疑或猶豫。佐和橋應該打從一開始就打算要殺死菲律賓女人。

佐和橋走上簷廊，消失在平房裡，很快又走了出來。手裡提著一個塑膠袋。

佐和橋跪到紗奈旁邊，從袋裡取出保特瓶，扭開瓶蓋。似乎是礦泉水。他想把藥片塞進紗奈口中，紗奈搖頭拒絕，緊緊閉上嘴巴。身體反射性地出現了這些反應。

「不要掙扎！」佐和橋騎到紗奈身上，硬是把她的嘴巴掰開，塞進藥片，淋上去似地灌入礦泉水。

呼吸困難。雖然想吐，但連咳嗽都辦不到。無法拒絕流入喉嚨和鼻孔的水。意識逐漸朦朧。

很快地，紗奈形同溺水般窒息，思考斷絕了。她喪失了一切感覺，陷入空無的境地。

不知道過了多久，紗奈的意識模糊地回來了。

不過視野中什麼都沒有。眼前被一片黑暗所覆蓋。正當她這麼想，整片視野染成了一片鮮紅。

好像是照到光了。自己只是閉著眼睛嗎？不，眼皮被什麼東西貼住了。她能自覺到自己呈大字型仰躺著。肌力和感覺恢復了，但手腕腳踝被固定住，自由依然受到剝奪。

冷得要命。自己一定還裸著身體。但感覺不到有風吹上來，這裡不是戶外。聽到腳步聲了。不只一個人，有兩個人。窸窣說話的男人聲音迴響著。感覺是一個被混凝土牆圍繞的空間。

腳步聲靠近，在附近停下來。聽起來像中年的男聲響起：「哇，腫成這樣，打得也太慘了吧？」

另一個沙啞的聲音是佐和橋：「我都叫他們手下留情了。」

「避孕藥呢？」

「馬上餵下去了。跟安眠藥一起。沒懷孕吧？」

「可是現在要怎麼辦？手術完會腫得更厲害耶？會變成沒法見人的臉。」

「那這小丫頭暫時也能安心過日子了。」

「唔，也是啦……抽脂之後到消腫的三個月，島上那群騷狗也會對她敬而遠之吧。總是這樣的。」

「敬而遠之，頂多也就一個月吧？」佐和橋的聲音說。「第二個月差不多就可以見人了。你之前不是說過，是雙眼皮手術嗎？要是弄那個，變醜的時間會拖得更長。」

「對啊，縫合痕跡會因為內出血泛黑。人工軟骨隆鼻也是，臉中央會變成一團黑，慘不忍睹，看起來就像手術失敗。」

「那這個小丫頭呢？要做多少？」

「嘴唇很厚呢，切薄一點比較好吧。」

「那就全套了嗎？」傳來佐和橋的低吟聲。「我不想花太多錢啊。就算賣到好價錢，也沒剩什麼賺頭了。」

「甭擔心。」金屬聲響起，似乎是在挪動某些工具。「對老顧客，我會用老價格優惠。」

佐和橋嘆了一口氣，聽起來坐到椅子上了。「杼馬醫生，你以前待過整形外科嗎？」

被稱為杼馬疑似醫生的男人聲音在紗奈的枕畔響起：「沒有啊。在日本，只要有醫師執照就行了。就算沒有整形外科的經驗，照樣可以掛出醫美的招牌。」

「原來你有醫師執照？」

「沒有。」杼馬的聲音笑了。「好好的醫生，才不會變成黑道御醫。最近每一家醫院都拒絕收治反社會分子，但也因為這樣，讓沒考到醫師執照的黑醫變得炙手可熱。」

「縫傷口、摘子彈嗎？」

「那種手術我做得可多囉。我在福岡那裡已經做了超過十年以上……人口販賣也是，一起始是那個幫派的獨占事業嘛。」

「真是個美好的時代吶。現在就連我這種遊手好閒的傢伙也能來參一咖。」

「黑道的力量式微了。都是《暴力團對策法》施行的關係。這也是時代潮流啊。」杼馬似乎把臉靠了過來，呼吸吹到臉上。「好了，該從哪裡下手呢？臉頰這邊……」

一陣刺痛，紗奈別開了臉。

「喂！？」杼馬驚叫。「她怎麼醒著？」

脖子可以動。或許也可以出聲。紗奈發出卡在喉間的呻吟。聲音愈來愈大了。是想要求救的衝動反應。

嘴巴突然被摀住。一定是抒馬的手。傳來佐和橋咂舌頭的聲音。他好像從椅子站起來了。佐和橋嘀咕般的聲音靠近過來：「坐船坐了那麼久，藥效也退了吧。不能用局部麻醉嗎？」

「局部麻醉沒辦法讓她不出聲。」杼馬喃喃，就像在直呼吃不消。「沒辦法，雖然不太想用……」

這次前臂某處一陣刺痛。好像被打針了。感覺液體流入體內，意識旋即遠離。佐和橋的聲音嘲笑地細語：「要是她又快醒了，讓她看看鏡子吧。看到自己醜得可怕的臉，又會昏過去了。」

兩個男人低笑的聲音響起。

好不甘心。自己只能任人玩弄嗎？紗奈毫無抵抗能力，再次墜入深沉的睡夢中。

22

意識偶爾斷續恢復，又再度昏迷。似乎如此不斷地反覆，最後來到了現在。雖然迷迷濛濛，但記憶片斷浮現。

自己好像在卡車貨台搖晃了很久。也曾以身體極端蜷曲的狀態被塞在狹小的木箱裡。好像被放上船了。雖然很不舒服，但是在感覺想吐之前，意識就先模糊，很快就睡著了。

現在紗奈就彷彿剛睡醒那樣，總有些神智迷茫地自行走動著。她忽然回過神來。一片陰天底下，她身在某個偏僻的港口。這是個冷清的碼頭。海鷗的聲音響徹四下。附近沒有半個人，停泊的也全是生鏽的漁船。

她拖著衣襬往前走。她披著一件偏大的袍子。氣溫不冷。袍子底下似乎是裸體，但她不確定。怎麼來到這裡的，也幾乎想不起來。

右手腕被佐和橋扣著。佐和橋穿著短袖襯衫和長褲。兩人走近繫在岸邊的小遊艇。船體一樣相當老舊了，塗漆剝落。佐和橋雙手抱起紗奈的身體，把她放上船。

「進去裡面。」佐和橋指示。「坐好。」

船上沒有稱得上甲板的寬闊平面，像倉庫的附屋頂小船室占去了幾乎全部的空間。沿著內牆，呈ㄇ字型設有座椅。紗奈在椅子一角坐了下來。

斜前方有電鍍的柱子，像鏡子一樣倒映出自己的身影。

紗奈忍不住懷疑自己看到的。上面是一張下半部腫得可怕的臉。從臉頰到下巴都非比尋常地腫大，眼鼻周圍浮現許多漆黑的斑點。鼓脹的眼皮就像鬥牛犬，上下唇也腫得像輪胎，上面爬過一條清晰的縫合線。只有長及肩膀、亂糟糟的頭髮，說明鏡中人就是紗奈自己。

可是她沒有浮現任何驚訝的表情。她只是呆呆地看著鏡像。漸漸地，淚水滑過臉頰。這是她嗎？面目全非，醜惡到了極點。自己被搞成了這副德行。現在她連自己還活著的事實都感受不到。就好像飄浮在一場不會醒的惡夢當中。往後會怎麼樣？她什麼都無法思考。

佐和橋解開繫船的繩索。走進客艙後，前往前方的操縱席。引擎聲響起，船體開始震動。接著上下搖晃，慢慢地離開港口。遊艇開始朝海面加速。

紗奈知道發生過什麼事。那一晚的記憶一點都沒有稀釋，但感情已經鈍麻了。她應該要害怕驚恐，卻難以湧出這樣的衝動。是藥物還在作用嗎？還是憔悴到了極點，沉浸在虛無當中的關係？

遊艇高速前進。很快地，水平線另一頭看見陸地了。陸地愈來愈大。

那是一座被原始叢林般的綠意覆蓋的島嶼。樹木起伏的枝椏讓人聯想到熱帶地區。這麼說來，海的顏色很美。天空烏雲密布，感覺格外悶熱。這應該是一座小島。

遊艇減速靠近，木棧橋逼近上來。除了嶙峋的岩地之外，還有白色的沙灘。

船身停靠在棧橋後，佐和橋離開操縱席，再次以繩索繫好遊艇，接著折回客艙。他抓起紗奈的右手腕，使勁把她拉起來。紗奈踩著虛浮的步伐，和佐和橋一起下船。

這座島感覺比剛才出發的港口更沒有人煙。雜草叢生的斜坡上，只有一條感覺像是人踩出來的未鋪面野徑。紗奈被佐和橋拉著手走上那條小徑。草叢裡有絕對是野生的動物屍體，無數的鳥聚集在那裡啄食。

走到小丘上面了。同樣泥土裸露的廣場上，散布著木製涼亭。每一座都呈現半毀狀態。其中一座掛著許多腐爛的魚。望向遠方，雜木林覆蓋的山谷一帶，有許多瓦片屋頂。好像有人住在這裡。不過電線桿是木頭的。一名戴麥桿帽、穿粗布襯衫的老人牽著山羊慢慢地經過。

廣場還有別的男人。男人臉曬得漆黑，頂著五分頭，看不出年紀，體型肌肉精實，門牙很黃。不知為何，腰上纏著繩索。男人瞥了紗奈一眼，從口袋抓出鈔票，遞過來幾疊每疊十萬圓的紙鈔。佐和橋還要，男人苦著臉，又追加了幾張萬圓鈔。

佐和橋勉為其難地點了點頭。男子鬆開纏在腰上的繩索，套在紗奈脖子上，用滑結綁起來。這種結只要拉扯繩索一端，就能輕易勒緊。紗奈就像剛才經過的山羊一樣，脖子上套著繩索被牽走。

目的地就在附近，岸邊一座搖搖欲墜的涼亭。屋頂下有張半壞的長椅，男人指示紗奈坐在那裡。紗奈依言照做。

繩子被綁在附近的柱子上。男子拿起一塊約三十公分見方的木板。木板上繫著細繩，可以掛在脖子上。男子把木板掛到紗奈脖子上。

紗奈俯視木板，上面大大地只寫了三個字：壹萬圓。男人打開涼亭前面的鐵箱蓋。和香油錢箱一樣，上方是格狀，可以投入紙鈔。男人用紗奈陌生的像方言的話，對佐和橋說了什麼，悠哉地離開了。

佐和橋把鈔票收進口袋裡，晃了過來：「這裡叫富米野島，算是沖繩縣，但離本島很遠，別名輪姦島。妳應該懂了吧？島上全是有著見不得人的過去、找不到正當工作的男人，在這裡捕魚自給自足過活。島上的娛樂就只有鬥雞，沒有學校也沒有醫院，極端缺乏女人。」

話傳進耳中，卻完全打不進心裡。紗奈並非不感到難過或悲哀，只是這些感情不會流露出來了。或許該說是淚水哭乾了。

「聽著。」佐和橋皺巴巴的臉探過來看她。「妳就像一次一萬圓出租的家畜。想要長命，就要討主人歡心。這是這裡的傳統。還有，這裡沒有警察。縣警對這裡的事視而不見。駐在所已經關了，只有一名巡查每半年會過來看個一次。那種時候，妳會被關進倉庫裡藏起來。」

紗奈沉默著。視線焦點不在佐和橋臉上，只是注視著虛空。

佐和橋看了紗奈片刻，很快地直起身來。他正要離開涼亭，忽然停下腳步回頭：「一開始不會有什麼人來，畢竟現在妳的臉那麼恐怖。不過等整形手術的浮腫退了以後，就會開始有男人上門了。很完美對吧？客人慢慢變多，妳也可以循序漸進地習慣，三個月後，就門庭若市啦。」

「我想回去。」紗奈喃喃道。

「啊？」

「我想回去。」

「別說蠢話。妳已經死了。已經沒有東西可以失去了，妳認命吧。」

紗奈覺得靜止的時間微妙地動了起來。胸口深處有某些情感泉湧而上。視野變得一片模糊，很快地波動起來，她久違地落淚了。

已經沒有東西可以失去了。是因為這句話的關係吧。她想起了父母。父母已經不在人世了。紗奈孑然一身。

佐和橋冷哼一聲，一下就走下山丘了。好像要回去遊艇。紗奈只能一個人坐在涼亭，看著無人的廣場。

遊艇的引擎聲傳來，聲音在海上急速遠離。寂靜造訪。佐和橋離開島上，只留下紗奈一個人。

一輛小卡車從草叢裡壓出來的道路徐行而來。老舊的車身掛的是沖繩的車牌。駕駛座有個白髮男子，副駕駛座坐著一名高齡老婦，也許是妻子。可能是因為暑熱，兩人都穿得很少。老婦人看向這裡，注視了紗奈片刻，又面無表情地轉回前方。小卡車經過了。貨台上堆著沾滿泥土的農作物。

假設佐和橋說的是真的，光是有女人住在這裡，就值得驚奇了。難不成是年輕的時候，像紗奈一樣被帶來這裡的？就這樣住了下來，和島上的男子結了婚？輪姦島的歷史有那麼古老嗎？

女人不一定都是被買來的。或許有一般夫妻，但也有紗奈這種慰安用的女人被送來供男人發洩性慾。丈夫上了年紀，仍沉迷於女色，而妻子也半死心地放任——也有可能是這種狀況吧。都那把年紀了還留在島上，表示這裡還是有這裡的生活。

不管怎麼樣，全是一群人渣。不分男女，若是有正常的倫理觀，就不可能繼續住在這種島上。

深思也是白費力氣。紗奈轉念這麼想。推測島民的生活樣貌，又有什麼幫助？又不可能得到和他們一樣的生活。因為自己已經是連人類都不如的家畜了。

紗奈感覺到濕黏的視線。不知不覺間，涼亭外站著一個髒兮兮的老人。禿頭上還殘留著幾絲白髮，穿著破破爛爛的日式外套，手裡拿著釣具。

老人一看到紗奈，便兩眼發直，舔嘴咂舌起來。居然對外表如此醜陋的紗奈感興趣，或許老人對女人異常饑渴。

老人把釣具放到地上，走進涼亭。他沒有付錢，但一點心虛的樣子也沒有，坐到紗奈旁邊來。體臭濃烈撲鼻。老人突然張開雙手抱住紗奈，想要用沾滿唾液布滿疣的舌頭舔紗奈的臉。粗礪的皮膚就像砂紙一樣，光是磨擦就覺得痛。老人散發出帶著惡臭的呼氣，缺了門牙的不衛生的嘴巴逼近眼前。

紗奈細聲開口：「適可而止一點。」

老人表情古怪地停下了動作。紗奈趁著這瞬間，抓起套住脖子的繩索用力拉扯。光是這個動作就讓滑結鬆開來，繩圈變大了。紗奈把繩圈套到老人脖子上，狠狠地朝他的臉賞了一記肘擊。老人差點從椅子摔到後方。紗奈跳起來起身，雙手朝老人猛力一推。

叫聲連一秒都不到。老人垂直墜落涼亭後方的懸崖。繩索隨即收緊，老人變成上吊狀態，體重勒緊了繩結，繩圈無止盡地縮小。老人發出如同嘔吐的呻吟，吊在半空中，踢動手腳。動作愈來愈小，很快便完全脫力，像鐘擺一樣只是搖晃。

紗奈注視著崖下，嘆了一口氣直起身體。她感覺到強烈的眩暈，但幾乎沒有罪惡感。感情反應似乎依然麻木。肌力恢復這件事本身令人欣喜。她搖搖晃晃地離開涼亭。

結果她看見路上停了一輛機車。雖然是像本田小狼的小機車，但跨在上面的是個頗為魁梧的男人。不知道是否皮膚病導致，男人的皮膚質感像泥巴。臉上的鬍子恣意生長，穿著骯髒的汗衫。交叉綁在身上的帶子，揹著一支棒狀物體。定睛細看，似乎是獵槍。

男人比剛才的老人更年輕，或許還不到六十。他警覺地瞪著紗奈。似乎是從頭到尾目擊了剛才涼亭發生的事。

恐懼湧上心頭，紗奈轉身就跑。她實在沒辦法跑到從廣場通往棧橋的坡道，直接衝下附近的小徑。小徑通往小島內陸，但她只能逃向這裡。

機車引擎聲宛如吼叫，高聲響起，從後方追了上來。紗奈猛然前奔。袍子都快掉下來了。掛在脖子上的板子太礙事了。她立刻摘下板子，像飛盤一樣往背後扔去。但板子沒有擊中機車，反而讓她和追兵的距離縮短了。紗奈再次背對機車，瘋狂奔逃。

雖然快開始喘氣了，但還沒有抵達極限。她現在才自覺到自己打著赤腳。但赤腳踩在泥土地上，可以跑得更快。如果十六歲的紗奈現在有什麼能夠發揮得淋漓盡致的事物，那就只有體力了。據說運動員的巔峰都在青少年時期。為了跳舞，她一直努力鍛鍊體幹，耐力十足，對敏捷度也有自信。她回想起這些優勢。

她的目的地，是雜木林裡露出的屋瓦。前方出現一棟平房，戶外晾曬著衣物，敞開的窗戶裡露出老太婆的臉。

「救命！」紗奈高喊著衝過去。「讓我進去！」

然而紗奈還沒跑到窗邊，老太婆便一臉不在乎地放下了窗外的遮陽板，生鏽的鐵板蓋住了窗戶。紗奈敲打遮陽板，卻毫無反應。

其他窗戶也陸續關上了遮陽板，玄關門也傳來上鎖的聲音。紗奈驚愕極了，雙手趴在外牆上。因為是多颱的沖繩，似乎是鋼筋水泥建築物。她沒有被迎入堅固的安全地帶。對剛才的老太婆來說，女人求救應該是家常便飯了吧。

機車聲靠近了。紗奈繞到建築物後方，沒想到前方還有另一名壯漢在埋伏。來人上身赤裸，肌肉虬結，下巴中間有深窩。年紀更輕，似乎五十多歲。這個男人的體臭也令人難耐。他笑著伸出雙手，緊緊地抱住紗奈，讓她全身浮在半空中。

男人以完全就是色情狂的表情仰望紗奈。嘴角淌著唾液，散發出酒臭，似乎喝醉了。布滿血絲的眼睛緊盯著紗奈，與其說是人，更只是個野人。男人雙手猛力箍上來，背骨幾乎要折斷了。

紗奈內心有什麼斷裂了。以前的紗奈，連切魚都覺得可憐。吃牛排的時候也是，只要想到牛就吃不下去了。她不明白滿不在乎的人為何能夠滿不在乎。

如今她終於能夠理解了。是為了讓自己活下去。現在紗奈眼前的東西，也沒必要特別當成生物對待。它或許是以蛋白質構成的，但只是會動的威脅，破壞了也無所謂。

男人雙手抱著紗奈，因此無法有別的動作。相反地，紗奈雙手自由。紗奈的雙手爬上男人的臉龐左右，拇指施力死勁插進雙眼。

她毫無所感，就像把鵪鶉蛋從地面挖出來一樣。也不是刻意讓意識遠離現實，她明白手中的是男人的眼球，但這又如何呢？

男人發出宛如咆哮的淒厲慘叫，箍住紗奈的雙手放鬆了。紗奈反倒是利用這狀況，把體重朝雙手拇指壓下去，插得更深了。眼珠似乎意外地大，比起鵪鶉蛋，更接近乒乓球嗎？她摳動指頭，想要把眼珠挖出來，但深處貼得老緊。她上下左右移動拇指，動手拉扯。指頭觸碰到柔軟的東西，似乎是大腦。觸感很接近味噌。確實，在搗碎蝦頭的時候，裡面有這種半固態的物體。

把眼珠從大腦剝開一些了，但還是沒能挖出來。不過男人好像已經死了，爛醉似地倒向地上。

紗奈笑出來了。雙眼縮進深處的男人，那張臉實在滑稽。加上大張的嘴巴，看起來只是三個洞。

機車聲逼近後方，但紗奈不慌不忙。附近的樹木殘株上插著一把斧頭。她雙手抓住斧柄，拔了起來。

回頭的時候，機車衝了過來。紗奈主動衝向機車。活動身體的歡喜自然地湧上全身。是運動的愉悅。她以舞蹈動作中的腳刀轉體動作跳躍起來。身體與地面水平，加上旋轉動作，斧頭劈開男人的胸口。

男人隨著呻吟後仰，連同機車翻倒了。紗奈維持著腳刀轉體的動作，在空中鬆開交疊的雙腳，調整姿勢落地。

男人在倒地的機車旁驚嚇地起身。他想舉起獵槍。紗奈猛地衝上去攻擊。她揮下斧頭，砍斷男人一隻手。可能是因為用力過猛，感覺比切蘿蔔還要輕鬆。男人發出慘叫，因此不必特別轉頭看，也能掌握臉的位置在哪裡。紗奈將斧頭朝聲音來源水平砍過去，男人的腦袋輕易上下分家了。流出來的黏稠物質很像披薩起司。

化成屍體的男人趴倒時，附近傳來金屬聲響。平房的遮陽板掀開來，露出老太婆戰慄的表情。和紗奈對上眼，老太婆驚慌失措地往後退。拿掉支柱的遮陽板即將落下，但紗奈反射性地擲出斧頭。斧頭旋轉飛過去，在遮陽板闔上前一刻卡在隙縫間。

紗奈走過去，抬起遮陽板，踩在窗框上進入平房。

屋內沒有隔間，一半是泥土地，堆滿了農作物和生活用品。只有一顆電燈泡照亮其中。老太婆退到房間角落，臉色大變地嚷嚷著。果然是方言的樣子，完全聽不懂。

地上有一把金屬撥火棒。紗奈撿起來，走近老太婆。

「老婆婆，這裡是輪姦島對吧？被帶來的女生不是很可憐嗎？妳都裝作沒看到嗎？」

老太婆以恐懼僵直的眼神回視紗奈，用方言拚命叫嚷著什麼。

吵死了，紗奈心想。跟狗叫沒兩樣。

紗奈把手中的撥火棒前端插進老太婆的肚子裡。老太婆發出烏鴉啼聲般的哀嚎，雙眼暴睜、舌頭突出、全身激烈痙攣。紗奈一次又一次插入撥火棒又拔出，搗爛老太婆的內臟。她漸漸掌握到哪裡有骨頭，不容易貫穿了。很快地，老太婆就像一塊破布，癱軟下去。

紗奈嘆了一口氣，退後幾步，俯視渾身鮮血地倒地的老太婆。

就算待在這裡，也會有人來。必須逃走才行。但這座島這麼小，能躲去哪裡？

紗奈並不感到窮途末路。她正在逐漸適應環境。不管身在任何狀況，人意外地都會習慣。

她走上榻榻米，從衣櫃裡抓出衣物。幾乎都是老太婆的農作服。也有長靴。食物櫃裡的燻肉就算了。得到了罐頭、開罐器和飲水，還有一大把菜刀。狩獵野獸，或許比較能填飽肚子。她把這些東西全扔進揹袋裡。

反正就算繼續當個普通高中生，每天也有學習的義務。在這裡也是一樣的，只要逐步學會求生的方法就行了。佐和橋說，紗奈的臉部慢慢消腫後，那些變態就會開始認真了。既然如此，一開始可以透過反擊人數有限的攻擊者來累積鍛鍊。隨著時間經過，敵人數目會增加。只要隨時保持緊張，就能培養出膽識，並察覺逼近的威脅。把迅速應變也當成學習目標就行了。她本來就每天早上慢跑，天天鍛鍊體幹。

也就是尤沃金・卡蘭布法則。只要把一切都當成遊戲看待就行了。因為被逼到絕境，所以可以靠自學成長。自然環境才是最棒的教師。最應該效法的是窮鼠。

沒有任何迷惘。她已經別無選擇，也沒有害怕的理由了。

紗奈拖著揹袋離開平房。兩具屍體已經吸引了大批蒼蠅。她在這麼短的時間內，學到了如何挖穿眼睛和運用斧頭的方法。ＪＫ法則果然顛撲不破。

扶起倒地的機車。她只知道小綿羊怎麼騎，但就算引擎大了一點，應該也相差不到哪裡去吧。

她聽見狗叫聲，還有男人們的吵鬧聲。島上居民正為了崖上的吊死鬼老人騷動起來。

紗奈發動機車往前進。推力比想像中的更大，在嚴重崎嶇不平的地面會失去穩定，一下子就差點翻倒。但她設法撐住，慢慢加快車速。

哀傷的感情那些，她已經拋下了。都丟在川崎了。現在只留下進取心。她對殺人覺醒了。她要將輪姦島的居民血祭，不斷賺取經驗值。不管要花上幾星期、幾個月，她都要繼續下去。就算在途中遊戲結束也無所謂。因為她早就死了。

23

暴風雨過境，海面波濤洶湧。浪頭高高隆起，又深深陷沒，佐和橋乘坐的遊艇也不斷地上下顛簸。時間剛過正午，四下卻陰暗得宛如即將日沒。

豪雨在強風吹襲下，化成水平撲來的銀針，毫不留情地從船艙後方撲打上來。感覺也像是瀑布。季節就快入夏了。因為是沖繩周邊的海域，完全不覺得冷，可是竟碰上這樣的日子，真是不走運。

佐和橋對同船者笑道：「杍馬醫生，就叫你打消念頭了。那不是醫生該去的地方啊。」

男子年約五十五歲，頭髮中摻雜白絲，戴著黑框眼鏡，穿著沖繩花襯衫。杼馬板著一張臉，似乎在忍受暈船，不停地做著深呼吸。「醫師不會亂吃藥。連一顆暈車藥也不吃。」

「為什麼甚至這樣勉強自己也要跟來？」

「你不是說只有今天能去嗎？什麼三個月沒去輪姦島了。」

「啊，是啊。」佐和橋回望後方。「做生意的機會沒那麼多嘛。」

一名嬌小的十五歲少女裹著袍子，不住發抖。臉部因為剛動完手術，腫得不成人形，難以正視。是他的老商品，新到手的國中女生。女生從新潟離家出走到東京，和父母感情不好，家裡到現在都還沒報案失蹤。好久沒碰到條件這麼剛好的小丫頭了。

佐和橋把目光移回前方。「杼馬醫生，我一直想問你，你的手術真的都有好好做嗎？消腫之後真的會變好看嗎？」

「當然了。輪姦島有退貨過嗎？沒有嘛。這都多虧了整形的功勞啊。」

「那座島上全是對女人饑渴的大叔老頭，年輕人只有一小撮。只要不要醜得太離譜，應該都有需求。就算不爽，八成也都是殺了就算了。」

「所以我才想親眼確定一下三個月前的作品成果啊。」

有坂紗奈嗎？確實令人介意。撇開術後浮腫，手術前她就因為被笹館等人狠狠揍了一頓，臉醜得不堪入目。杼馬說，材料底子很不錯，而且手術本身也很順利，一定會變成大美女。嘴唇和鼻孔的縫線用的是可吸收縫線，會自己消失不見。他實在很好奇到底變成怎樣的女人了。

海上被濃霧覆蓋。視線不良的前方處，隱約浮現出島嶼的輪廓。比想像中的更靠近。佐和橋讓遊艇減速。

視野這麼差，光是要找到平時靠岸的棧橋，都得費一番辛苦。但佐和橋還是從左右陸地掌握了在灣內的位置，小心地操舵。

很快地，船身側面靠近棧橋了。必須拉近到十公尺以內的距離，否則甚至看不見。就是這樣，在暴風雨中航海，一刻也不能輕忽大意。

佐和橋覺得古怪。因為棧橋還繫了其他的遊艇。光是看到的範圍內就有三艘，每一艘都是小型船。

杼馬問：「那什麼？別的賣家嗎？」

八成是。不過這麼多人遇在一起，十分罕見。而且賣家居然全在這麼糟的天氣裡跑來。

將引擎打到空檔，讓遊艇慢速前進，斜向靠近棧橋。接著方向盤往反方向切，讓船身平行。來到這裡，就算浪高也沒什麼影響了。船身順利靠到棧橋邊。

佐和橋從船艙後方走出去。雖然穿了雨衣，但豪雨還是很麻煩。他眨著眼睛，把繩索纏繞在棧橋的繫船柱上。

杼馬也現身了。他表達把女國中生留在船艙裡，自己先下船的意思。好像暈船暈得很厲害。佐和橋伸手扶他。

來到棧橋的杼馬從雨衣頭罩露出臉來，仰望島嶼，露出啞然的神情，問：「那什麼？」

佐和橋也循著他的視線望向島嶼。山丘上，低垂的雨雲染成一片赤紅。

火災嗎？雨下得這麼大，卻燒成那樣，是汽油引火了嗎？

後方傳來杼馬嘔吐的混濁聲響。佐和橋感到受不了：「髒死了。這要是平常，就叫你去海裡吐了，今天是因為下雨……」

才一回頭，佐和橋便啞然失聲了。濃霧當中，杼馬突出下巴，怔在原地。有人站在他的背後，一隻手勒住了他的脖子。

是穿農作服的女人。手中高舉刀子，全力刺進杼馬的胸口。豪雨當中，也看得出鮮血迸射。刀子抽出之後，接著水平揮舞，貫穿了杼馬痛苦扭曲的臉。刀刃從右頰穿出左頰，再直接朝前方劈開。杼馬化成了裂嘴男。

佐和橋忍不住驚叫後退。腳絆在一起，當場屁股著地。

杼馬往前仆倒。農作服女子佇立在霧靄中，反手抓握的刀子淌下鮮血。

棧橋上接連浮現人影。他們的模樣簡直就像幽靈。四、五個穿農作服的人同時逼近上來。佐和橋因為過度恐懼，瑟縮起來，拚命爬回船內，跑進船艙裡。

他和穿袍子的女國中生對望了。腫起的臉浮現怯色，茫茫然地看過來。沒空鳥她。佐和橋跳進船艙前方的操縱席。

握住油門桿，推到全開。引擎高亢地呼嘯起來，但船身只是在浪間上下起伏。

糟了！佐和橋詛咒自己的失誤。遊艇還繫在棧橋上。

佐和橋回頭，瞬間嚇到心臟幾乎停住了。

一群穿著濕答答農作服的人就擠在近處，團團包圍了佐和橋。不知不覺間，一群人侵入船艙，面無表情地看著佐和橋。

全都是女的。每張臉都很慘，但從皮膚光澤看得出還很年輕。術後浮腫的程度各不相同，都殘留著內出血和縫合痕跡。好像剛來到島上不久。

船外還有另一個穿農作服的女人。好像正在解開繫船柱上的繩索。最後那名女子走進船艙，其他女人都左右退開。

雞皮疙瘩爬了滿身。站在佐和橋正面的農作服女人，臉蛋漂亮得就像模特兒。沒印象。但那雙冷若冰霜的眼睛直勾勾地瞪著他。是記憶中的眼神。有坂紗奈。

紗奈手中的刀子旋轉了一下。不知為何，她把刀柄遞向佐和橋。

叫我接下嗎？莫名其妙的行動。但如果她這麼希望，就成全她。佐和橋一抓住刀子，立刻攻擊紗奈。

然而紗奈的手瞬間握住了佐和橋的手腕，指甲深深陷了進去。在劇痛與麻痺感當中，佐和橋的五指自然地鬆開來了。

怎麼會有這種事？這女人摸透了手腕的肌肉嗎？故意把刀子遞給他，是拿他做實驗嗎？紗奈的肌力奇大，而且還不斷地加重。

佐和橋還在狼狽，紗奈已經一把搶下刀子了。下一秒，刀子深深鑽進佐和橋的胯下。

這肯定是他到了這把歲數，都從未經驗過的痛苦。往下一看，褲子的裂痕染成一片血紅。隨著吸飽了鮮血的布片，身體的一部分被割了下來，掉在地上。痛到站不起來。佐和橋形同腿軟地癱坐下去。

農作服的年輕女人們沒有任何驚訝的樣子，她們默默地、冷冷地俯視著佐和橋。

紗奈伸手抓住佐和橋的後腦，把他的臉砸向方向盤。

她沉聲開口：「往海上開。」

視野溢滿了淚水。佐和橋承受著超乎想像的痛苦，勉強擠出聲音：「妳們幹出這種事，別以為可以……」

更強烈的劇痛貫穿了腰部。他知道紗奈用刀子捅進了他的身體。被切斷的神經就像被高壓電流電到般強烈地麻痺。紗奈抽出刀子，繼續不停地刺他的腰。佐和橋慘叫，不斷地痛苦扭動。

看著他的女人們依然毫無反應。非比尋常的劇痛和麻痺急速侵蝕全身。快死了。然而思考和感覺還在持續。好可怕。無法違抗。

紗奈一定是故意留他還能勉強動手的力氣。佐和橋拚命操作方向盤和油門桿。旋轉船身，朝開放的海面駛去。

操舵太容易了，用方向盤左右轉彎，油門桿打開就前進，關上就減速。困難的只有靠岸，但這群女人一定打算棄船離開。只要抵達某處，總有辦法上岸。

佐和橋假裝精密操縱，裝出操舵極為複雜的樣子。他打算強調自己的必要性，設法保住性命。

但紗奈的沉默讓他感覺她已經知道如何操縱了。佐和橋想要傾訴。隨便亂開穿越波濤洶湧的大海很危險，不要殺我。可是他擠不出聲音。

這三個月之間，其他賣家帶來了幾個女人。就是這些穿農作服的女人。賣家應該都死了吧。島民也不可能沒事。從那場火災來看，居民的住處都燒光了。屋外的殺戮痕跡都將被豪雨沖刷殆盡。不久後警察來到島上時，只會看到一堆屍山。

船身停止旋轉，船首指向了無止盡的大海。若要辯解，只能趁現在了。但佐和橋依然發不出聲音。他只能呻吟。

紗奈一把抓住佐和橋的頭頂，把他拽倒在地上。農作服女人們俯視著仰躺在地的佐和橋。每個人都取出刀械。斧頭、菜刀、錐子、鋸子。眾人蹲下來，同時揮下刀械。錐子貫穿鼻子旁邊，菜刀插進臉頰。她們遲遲不肯瞄準腦門。每當刀械抽出，不僅是鮮血，肉片也跟著噴灑而出，俯視的女人們的臉也噴上了紅色的血霧。沒有人退縮，只是冷酷地切割著老人。

已經無可如何了。許多的刀刃不斷地粉碎著佐和橋的骨肉，他只剩下大腦還持續發揮功能。這是永恆的地獄。佐和橋掙扎。認知到滲入眼珠的血的鮮紅。

在得不到致命傷的情況下，佐和橋沉淪在無盡的痛苦中，漸漸喪失生命力。腦袋一隅自覺到自己正逐漸變成一具屍體。儘管有那麼多雙的眼神看守著他，卻沒有任何人想要他活命，是真正意義上孤獨的死亡。

24

有坂紗奈穿著懸野高中的制服，站在夜晚的木更津。這裡是沒有其他人影的雜木林。她與笹館面對面。叫阿巖的高齡黑道也跟笹館在一起。

陽葵躺在地上，全身纏滿了膠帶，但一看到紗奈，上半身便微微彈了起來。嘴巴還被封著，只能發出呻吟。

注視了紗奈片刻後，陽葵再次脫力，無力地躺倒下去。似乎昏過去了。

旁邊倒著菅浦的屍體。紗奈把屍體推到微傾的斜坡下方，免得形成的血窪流到陽葵那裡去。

笹館滿臉恐懼，往後退去，從屁股口袋抽出折疊刀。握刀的手在發抖。

「有坂。」笹館瞪大眼睛，擠出充滿警戒的聲音。「妳是有坂紗奈吧？」

阿巖表情害怕地啐口水：「胡說什麼！哪有這種事！」

「我跟那些一年級的不一樣，」笹館一臉拚命地大喊。「井戶根那白痴什麼都不懂，但我不一樣。屍體沒有驗出這傢伙的DNA。」

「……廢話，」阿巖眼睛緊盯著紗奈說。「被五百度高溫燒成一團黑炭的屍體，哪驗得出DNA？新聞不是也都這樣說嗎？」

「刑警在那裡亂吹，說什麼地上都是車子沒燒焦的零件，所以查到了很多東西，DNA也是從那些東西上面驗到的。根本只是法律上從狀況證據認定那是有坂一家三口的屍體罷了。」

「所以怎樣！？這些事報導不是都有說嗎？就是沒有物證，單從法律上認定死亡，所以葬禮才會拖了好幾個月啊！」阿巖忽然露出發現什麼的表情。「難不成佐和橋老爺子……」

「我不就一直在問你那老頭是誰嗎！我就是在擔心會變成這樣啊！」

阿巖茫然地看著紗奈，好像總算想出端倪了。他目不轉睛地注視著紗奈，似乎終於發現那是誰的眼睛，露出嚇得畏縮的反應。

阿巖方寸大亂，朝單廂車衝了過去：「笹館，拖住她！」

「就算你這麼說……」笹館把刀子舉在腰間，驚慌失措地看向阿巖。

這點破綻就夠了。紗奈一口氣上前，瞬間縮短了與笹館的距離。笹館驚嚇的臉已經在紗奈面前了。

抬起後腳，體重全放在前腳上，就能夠不必蹬地，讓重心移向去路。這是瞬間衝刺的訣竅，也是在那座島上偷襲變態和野獸的過程中，自然學會的敏捷性之一。

把笹館握刀的手腕往側邊彈開。紗奈其實不需要武器。她的身體本身就是武器。她伸出右手食指和中指，朝笹館的喉嚨刺上去。但笹館往後退，因此只是稍微刺破皮膚，重重壓迫了一下而已。笹館的表情痛苦地扭曲了。紗奈立刻伸出左手挖笹館的眼睛。

但紗奈的視野邊角捕捉到跳出單廂車的人影。阿巖對著這裡。從蜷背的姿勢，看出他架起了獵槍。

紗奈跳向後方，笹館也轉身如脫兔般開逃。幾乎同時，獵槍噴火射擊。紅色的閃光照亮黑暗，爆出槍響。鳥兒同時從周圍的樹木飛起。

紗奈在黑暗中奔跑。背後傳來阿巖追上來的聲音。她並非像無頭蒼繩般亂跑，只是想讓有射擊武器的蠢蛋遠離陽葵。

她調整速度穿過雜木林，免得和追蹤者距離拉得太遠。背後的腳步聲摻雜了金屬聲響，她聽出是在裝填子彈。紗奈停步回頭看阿巖。

跑過來的阿巖氣喘吁吁地停步，警覺地把獵槍水平架起，瞄準紗奈。

「嘿！」阿巖發出興奮的聲音。「投降啦？」

扳機有一段空隙。紗奈聽見壓縮的彈簧聲。槍口噴火前一刻，她以舞蹈分離動作的要領，上半身瞬時大大地後仰。

散彈的擴散範圍沒有多大。這個距離的話，頂多只會散布在直徑五十公分的範圍內。鼻頭感覺到子彈掠過的風壓，但子彈本身連擦都沒有擦中。

阿巖露出凍住的反應。他似乎無法相信沒有擊中對方，射了個空。他大驚失色地排出彈殼，填裝新的子彈。這段期間，紗奈悠哉地走向阿巖。

尚未完全逼近，阿巖已經裝好新的子彈了。他舉起獵槍，打算這次一定要擊中，槍身筆直地對準了紗奈。

紗奈已經能夠在黑夜裡視物了。她看的只有一個地方，就是槍口看起來是否呈正圓。如果看起來是縱長橢圓狀，子彈就不會命中，一定會往左或右偏移。她一眼便看見了橢圓狀的縱橫對稱軸。光是這樣，就知道散彈會往哪邊射去。

槍口再次噴火。槍響之前，紗奈便以側步的舞步倏地往旁邊移動。散彈再次掠過紗奈的臉頰，消失在後方。

阿巖整個人慌得手足無措，顫抖著操作獵槍。他拚命排出彈殼，著手取出新的子彈。紗奈繼續朝阿巖走去。

距離縮短了。只差幾公尺。阿巖勉強填好子彈。他以焦急萬分的動作重新舉起獵槍，急著開槍，但對方就在眼前了。他期待不用瞄準也會擊中。這是理所當然的心理。

槍口看起來呈橢圓，而且是扁圓狀。若是發射，會命中紗奈的腹部以下。但聽到金屬擦過扳機空隙的聲響瞬間，紗奈扭轉身體跳躍起來。是身體在空中呈水平並急速扭轉的腳刀轉體舞步。槍聲響起，散彈從紗奈身體下穿過。落地的時候，紗奈已經在阿巖面前了。

紗奈立時將獵槍打到一旁，同時雙手掐住阿巖的脖子。左右拇指深深插進咽喉裡。阿巖痛苦不堪，兩眼上吊翻白，不停地掙扎。氧氣供應不到大腦，阿巖的肌肉使不上力，做不出什麼抵抗。

在愈小的範圍內局部施加壓力，造成的創傷自然也愈大。紗奈充分理解到，人類本來就是動物，因此指尖是極有效的武器。雙手拇指的指甲插進阿巖的喉嚨，撕破皮膚，將氣管往左右撕開來。她也清楚，喝酒的老人的喉嚨可以輕易扯開，阿巖完全符合這個條件。要用指甲切開年輕男人的喉嚨，硬度就和撬貝殼差不多，但阿巖的喉嚨跟拿刀剖魚沒兩樣。

雙手拇指將喉嚨的裂痕掰開到極限。阿巖仰頭對天，發出死前的慘叫。骯髒的肉和血管、神經全曝露出來。

紗奈垂直跳起，握住右拳，朝阿巖的鼻梁筆直砸下去。不只是單純的毆打而已，她利用重力，瞄準雙眼中間的凹陷處，因為這裡是最容易擊碎的部位。阿巖的臉塌出一個大洞，腦漿從眼睛隙縫和鼻孔噴灑而出。頭骨破裂的斷片也插出皮膚露出來。

阿巖已經化成一團虛弱的肉塊了。他以失去顏面的樣貌向後倒下，呈大字形躺臥。

笹館在斜後方發出狼狽的聲音。紗奈敏銳地聽見，慢慢地回頭。

笹館貓著腰，但雙手舉著左輪手槍。好像是從車子裡拿出來的。他整個人嚇壞了，以充滿絕望的眼神看著紗奈。

紗奈交差雙腳，踩著2-step舞步，徐徐靠近笹館。

「停下來！」笹館哭喊。「不要過來！」

短槍身不斷地顫抖著。手槍的話，紗奈在島上也看過。要扣扳機的時候，左右肩肘會同時繃緊。紗奈等待那瞬間，以側步閃避到槍口看起來呈縱長橢圓狀的位置。隨著槍聲，槍口噴火。紗奈輕鬆讓子彈從旁邊掠過去。

笹館面露焦躁，嚷嚷著開始胡亂開槍。因為沒有扳擊錘就開槍，槍身劇烈晃動。每次開槍，紗奈便將頭或胸部以分離動作扭轉到槍口看起來呈橢圓的位置。光是這樣，就讓子彈連一發都沒有命中。

隨著距離拉近，紗奈改為霹靂舞的大地板動作，用力甩動手腳。一靠近笹館，便藉勢以強力的手刀砍向他握槍的手。傳來骨折的觸感。笹館從肚腹發出慘叫。紗奈把落下的手槍踹得遠遠的。

瞧不起女高中生的大人，完全不瞭解最近的K-POP舞蹈。紗奈的肌肉與反射神經、動作速度，全都練就了匹敵國際大賽運動選手的基礎。她更是透過島上的實戰，徹底地鍛鍊了肉體，五感與野性直覺也經過全面的砥礪。紗奈高高跳起，給了笹館一記飛踢。鞋尖由下往上踹向笹館的下巴，笹館整個人飛起來，翻過來趴摔在地上。

死亡之舞。末期的島民如此稱呼，恐懼著紗奈。紗奈連大氣都沒喘一下，默默地俯視著躺在腳邊的笹館。

笹館趴在地上，遲遲沒有站起來。好不容易只扭過上半身，以沾滿了泥巴和鼻血的臉仰望紗奈。

「混帳！」笹館嚷嚷起來。「妳這女人不懂什麼是玩笑嗎？想爽一下是有多過分的事嗎？妳明明也爽到了吧？明明還有別人做一樣的事，憑什麼就只有我們這麼衰！該殺的明明是那些叫人更生的白痴大人吧！要是我出生在父母明理的有錢人家，根本就不會變成這樣好嗎！」

雖然聽見哭訴，卻絲毫打動不了紗奈。這種男人，不管長到幾歲，都只是下等生物。從一開始就毫無良心，是社會萬惡的根源。這種人活在世上，只會繼續讓更多無辜的少女們陷入不幸。

紗奈伸出左手食指和中指，輕輕按住笹館的雙眼。

「喂！」笹館魂不附體，但好像連轉開臉都辦不到了。「住手，不要這樣！叫妳住手！住手住手，住手啊！」

紗奈以右手掌猛力朝左手背一拍，兩根指頭深深貫穿笹館的眼珠。深深插入的指頭，又碰到了大腦的觸感。

忽然安靜下來了。笹館徹底脫力。被紗奈的兩根指頭支撐著，屍體勉強維持著坐起的狀態。紗奈抽出手指，收起左手。屍體碰地往前栽倒。吵鬧的下等生物，又有一隻從世上消失了。

屍體屁股的口袋隆起。紗奈摸索了一下，挖出濕紙巾。真貼心。紗奈擦拭手指，當場丟掉濕紙巾，慢慢地折回朋友身邊。

25

陽葵感覺到撫過臉頰的微風。感覺就好像在打盹一樣。

忽地，她開始覺得奇妙。她在自己的房間睡覺時，總是會關上窗戶，不可能有風吹進來。

她茫茫然地睜眼。在雲間看見了星空。她知道自己躺在暗處。搖擺的樹木鑲嵌著視野邊緣。好像身在樹林裡。自己從什麼時候開始躺在這裡的？

把頭往旁邊轉。近旁，一名懸野高中的女學生側坐在地上。雖然是夜裡，但她的模樣自然又嫻靜，彷彿是來野餐的。因為低著頭，瀏海遮住了眼睛。長髮在微風中搖擺。是誰呢？身形清瘦，臉蛋精巧。在黑暗中也看得出她的肌膚白晰透明……

女生手上拿著長笛。陽葵知道那是紗奈的遺物。瑛里華在吹長笛。音色如小鳥啁啾般柔和。是以前紗奈吹過的曲子。

陽葵驚訝地倒抽一口氣。記憶立刻回來了。陽葵坐了起來。

女學生抬頭。清澄的眼神注視著陽葵。陽葵陷入驚愕，甚至感到一陣頭暈目眩。雖然穿著懸野高中的制服，但眼前的人是江崎瑛里華。

瑛里華把長笛放到膝上，遞出手機。陽葵茫茫然地接下，發現是自己的手機。瑛里華默默地催促，是在叫她報警。

陽葵以發抖的手操作手機，撥打一一〇。大人的聲音問：「請問要通報犯罪還是事故？」

無法順暢說話。陽葵擠出卡在喉間的聲音：「幫幫我。」

「喂？請問出了什麼事？妳現在在哪裡？」

握著手機的手不知為何無力地落到膝上。她並不迫切地希望警察趕來。最想見的人就在這裡，她甚至不想要有人來打擾。

陽葵的拇指點了一下手機螢幕，掛斷通話。定位資訊已經傳送出去了吧。晚點再打回去就行了。

她望向周圍的黑暗。附近停了一輛單廂車。她回想起來龍去脈。自己被三名男子綁架了。應該被膠帶捆成了木乃伊，但現在被放開了，手腳獲得了自由。原本附近死了一個人，屍體卻消失了。剩下的兩人也不見蹤影。

不安湧上心頭。陽葵問：「那些人呢……？」

「沒關係。」瑛里華細語道。

以前也聽過這句話，陽葵心想。是在學校體育館聽到的。柔聲訴說，充滿體恤的口吻。從容的聲音。一切都沒變。

衝擊讓陽葵渾身顫抖：「紗奈……妳是紗奈對吧！？」

太奇妙了。長相完全不同，然而浮現在黑暗中的表情完全就是紗奈。看著陽葵的眼神、眨眼的動作、恰到好處的距離感。最重要的是，瑛里華沒有否定陽葵叫她紗奈。

陽葵無法繼續呆坐下去。她緊緊地抱住了紗奈：「紗奈！我好想妳啊，紗奈！」

紗奈沒有任何困惑的樣子，伸手輕輕摸了摸陽葵的頭。一切都成了確信。是紗奈。她不知道發生了什麼事，也完全不清楚是什麼道理。思考跟不上。紗奈變成鬼了嗎？還是復活了？不論有沒有另一個世界，光是這個世界的存在，就已經是十足的奇蹟了，因此不可思議的事也是有可能發生的。事實上，她現在就和紗奈在一起。

紗奈在陽葵的耳畔低語：「還能再見到妳，我好開心，陽葵。」

陽葵無法抑止心頭的悲喜交加。視野不斷地被淚水模糊，朦朧的光影揪結成一團。不知不覺間，她出聲抽泣不止。陽葵緊緊地抱住紗奈：「妳真的回來了！啊，紗奈，不要再離開了！」

結果，紗奈伸手搭住了陽葵的肩膀。她微微退開，面對陽葵。如今已換了一幅面孔的紗奈露出有些困惑的神色。

「妳要保重。」紗奈細聲說。

聽起來像道別。陽葵強烈地心慌意亂。她搖頭，強烈地懇求：「不要！妳要永遠跟我們在一起！」

「沒辦法全部都恢復成原樣。我爸媽不在世上了，我也變成了這副模樣。」

「……妳很美啊，美得讓人羨慕。」

紗奈端正美麗、宛如洋娃娃的臉罩上了陰霾。「陽葵，學校再也不可怕了。往後會是充滿希望的日子。舞蹈練習要加油喔。也替我向紬和芽依問好。還有結菜和穗乃香。」

「為什麼要這樣說？不要走！」

「我說，陽葵，」紗奈靜靜地呢喃道。「我沒有做錯吧？有人行使暴力、逞凶鬥狠，讓校園變成地獄……把他們趕出去就是了。就算大人只會袖手旁觀，自己站出來對抗就行了。」

胸口被揪緊了。紗奈這麼做，結果下場悲慘，連性命都丟了。可是紗奈回來了。她把目中無人的不良集團、把那些威脅一個個排除了。

唯一令人掛念的，就只有紗奈無法維持和過去相同的容貌這件事。陽葵還是不明白理由。但紗奈的人生確實走了調。為了陽葵她們，紗奈成了犧牲。

「紗奈！」陽葵哭著說。「妳總是對的，妳現在也是對的。可是我好難過，好不甘心，為什麼妳不能是妳原來的樣子？」

「別這麼想。就算見不到，我也在妳們身邊。」

「我還想再見到妳。就算不是以紗奈的身分，見到的是江崎瑛里華也行，妳不要消失，還不要去天堂！」

結果紗奈露出落寞的微笑：「我不會去天堂。」

這是什麼意思？陽葵語塞，這時，冰冷的東西碰到了臉頰。她仰望夜空。

星空不見了。漆黑的烏雲開始低垂籠罩。雨聲從遠方靜靜地逼近。雨滴開始傾灑，很快地下起大雨來了。像蓮蓬頭灑水般的雨打濕了這一帶，陽葵和紗奈也不例外。

水滴從紗奈的瀏海滴下來。她呢喃地說：「我知道會下雨。」

「因為妳是鬼……？」

「不是啦。」紗奈苦笑。「天氣預報說的。」

明明是鬼，卻會看天氣預報嗎？正當陽葵感到疑問，紗奈站了起來。

陽葵反射性地抓住紗奈的手。必須拉住紗奈留住她，否則她就要走掉了。她現在只有這個念頭。

下個不停的雨中，紗奈滿是憂愁的眼神望著陽葵。陽葵懷著胸口被挖掉一大塊的失落回望著紗奈。

警笛聲傳來了。是剛才打一一〇的關係吧。警方似乎掌握了定位資訊。警車很快就會趕到了，紗奈不能繼續待在這裡。

陽葵發自肺腑地說：「謝謝妳，紗奈。」

紗奈悲切的神情總算恢復了微笑。她再次緊緊擁抱陽葵，站了起來，有些依依不捨地走掉了。

陽葵默默地目送在雨中朦朧消失的紗奈背影。不一會兒，引擎聲傳來，機車的紅色車尾燈在樹木間若隱若現地遠離了。

引擎聲淡去，警笛聲取而代之。陽葵就坐在雨中，撿起留下的長笛。

在舞蹈練習中分享喜悅、抱緊紗奈時的觸感。那股溫暖留在了全身。那毫無疑問就是紗奈。不是幻覺。一定還能再見面。

須藤已經四十一歲了，還是巡查部長。許多同僚都已經往上爬了。妻子常說，都是因為他老是在最後功虧一簣。他也有這個自覺。這次或許也是最極端的一次。

偵防車上只有須藤一個人。氣象預報說下午會下起豪雨，所以他把車開到這處靈園的停車場。看來他的直覺是對的。須藤開門，走出車外。

雨天向來如此，儘管還是白晝，卻陰暗得宛如傍晚。由於是平日，停車場沒什麼車，所有的一切都沉浸在灰色當中。周圍是丹澤山地，看不到民宅。附近有擋土牆，登上階梯便是墓地。

須藤沒有撐傘，也沒有帶雨衣。他任由西裝淋濕，慢慢地走向階梯。事到如今，他也不想用跑的上去了。

登上階梯後，是一片水霧迷濛的靈園。無數的墓碑被大雨沖刷著，其中只有一樣淡色的物體。是靜止的米白色雨傘。雨傘的位置相當低。因為撐傘的人蹲下了身子。

芳西高中的制服。修長的手伸出傘外，將鮮花供在墓上，接著在傘下點燃線香。線香即使在雨中，仍不斷地升起裊裊清煙。

江崎瑛里華。芳西高中的學生名單沒有這個姓名。不知道是何方神聖的青少女。YouTube影片已經找到了。終於實際看到她本人了。瑛里華合掌膜拜的是有坂家的墓地。其中沉睡著父母和女兒紗奈三個人的靈魂。

須藤遠遠地看著瑛里華，回想起上星期的事。接到木更津署連絡的那個夜晚，一樣下著這樣的傾盆大雨。

警方在山林深處找到了懸野高中的女學生中澤陽葵。由於母親報警，川崎署也已經知道她遭人擄走的事。

找到笹館和菅浦的屍體了。雖然年老，但屬於基層黑道分子的紀陸巖，綽號阿巖的男子也已經氣絕身亡。

雖然趕到了現場，但須藤什麼都沒辦法做。緊急部署是木更津署的工作。他向係長建議，既然中澤陽葵的綁架案落幕，川崎署轄內的警戒態勢已經可以解除了。很快地上面也做出了一樣的決定。

就算動員大批偵查人員，也沒有意義。不良集團的老大，以及為他撐腰的黑道幫派成員都死了。懸野高中的威脅已經消失。一切都結束了。

木更津的現場也遭到豪雨沖刷，跡證被沖得一乾二淨。單廂車裡找到的指紋，只有紀陸巖、笹館和菅浦三個人的。能採到的汗水和皮屑，也只有包括人質中澤陽葵在內的四人份。如同預期，是白忙一場。

預藤確信，只要雨勢夠大，江崎瑛里華就會現身參拜有坂家的墓。他坐在偵防車裡盯梢，終於目擊到一名女高中生走上階梯。

現在她在掃墓。瑛里華離去後，就算調查供在墓前的物品，豪雨一樣也已經把DNA沖走了，什麼都查不到吧。但他能以警察身分要求對方自願配合問案。他可以叫住瑛里華，要求她配合。

他並沒有預先決定怎麼做，認為到了現場，自然就會知道該如何行動。須藤一直拖延決定，但事到臨頭，卻什麼想法都沒有，也不想深入思考。

世上不可能有鬼。應該專注在事實上。殺害有坂一家人的凶手集團全都死了。媒體報導的消息也只有這樣。警方要求媒體冷靜報導，但網路上傳開死人作祟的說法。不過沒有人把這件事和YouTuber EE連結在一起。畢竟親眼見到江崎瑛里華的人有限。

這陣子，性犯罪和殺人案數量銳減，甚至開始有人跑來自首。雖然或許只是暫時性的影響，但這讓人刻骨銘心地體認到警方是多麼地毫無遏止力。

墓地裡的傘抬起。似乎是瑛里華站起來了。掃墓很快就要結束了吧。

須藤猶豫到最後一刻。終於，他嘆了一口氣，走向下坡的階梯。

他一面下樓梯，一面從內袋裡取出一張紙打開來。是來自鑑識的報告書一部分。

畫紅線的地方，記載著唯一的疑點，也就是從管樂社準備室採到的已故的有坂紗奈的皮屑DNA。報告內容說，雖然量非常少，但以生前的皮屑而言，保存狀態似乎太好了。

須藤回到停車場。下樓梯的地方有個垃圾桶。須藤把紙折起來，扔進垃圾桶內。

下個不停的雨中，他一個人回到偵防車裡。搜查本部會在找不到嫌犯的情況下，很快就解散吧。警察無法逮捕死人。暴力氾濫的社會，是大人的責任。大人不可能有權力裁罰年紀輕輕就喪命的不幸少女。

27

八十一名島民神祕死亡——富米野島屠殺案成為懸案

（令和四年八月十八日　讀賣新聞早報）

沖繩縣的離島富米野島，此地也是瀕臨凋零的「極限村落」，發生在島上的大屠殺慘案，一眨眼便成了震驚全世界的新聞。

富米野島上共居住著八十一名島民，這些人無一倖存，大半房屋也遭到燒燬。這座島沒有定期船班，駐在所和診療所都關閉了。也沒有消防署，因此發生火災時，是由島民組成的消防團進行救火。島上僅有每半年一次，警察及電力公司、自來水公司的員工坐船拜訪。在這座與世隔離的島上，究竟發生了什麼事？

島上共有六十四戶，有四十七名島民都是六十五歲以上的老人，以離島的極限村落而言，並不罕見。全國也有許多離島人口不到二十人。

但富米野島與眾不同之處，在於島民與外界幾乎沒有交流。富米野島距離沖繩本島及其他離島都很遠，必須乘坐航行能力夠遠的船隻才能抵達。另一方面，島上也沒有旅宿及商業設施，因此連愛好尋奇的背包客都沒有興致造訪。

除了自動運轉的小型發電所及過濾雨水的淨水設施外，沒有其他行政單位的建築物。支撐島民生計的是漁業，但生活形態為自給自足，沒有把魚賣到島外的經濟活動。領取年金者多半乘船到其他島上的公所領取現金，並順便採買日常用品。富米野島也不在各家宅配的配送區域之內，就連郵政信件包裹，都是從沖繩本島送到鄰近其他島嶼存局候領，偶爾會有島民來領取。

換言之，富米野島是接近與世隔絕的極限村落之一，但即使進入令和時代，這類離島也絕不罕見。像大分縣的井之尾島、島根縣的紀陸島等等，有不少島嶼在各方面都處於孤立。

悲劇的第一發現者，是八月上旬定期前往島上巡視的警察官。他說沒有半名倖存者的島上，彌漫著一股異樣的氣味。各家媒體大舉湧向富米野島，但沖繩縣警以現場勘驗為由，禁止民間人士登陸。就連直升機在上空攝影，都必須事先申請。因此媒體的船隻只能在島嶼周圍巡繞，無法得到任何詳細資訊。

警方宣稱，富米野島缺少稱得上財產或資源的事物，也看不到大規模遭竊的痕跡。因此外界流傳，死亡原因可能是島民內部引發的恐慌。也有專家考慮到島民多半年事已高，認為不是島民內鬥之類，而是接近集體自殺的狀況。恩佐・巴拉杜醫學博士以聯合國特別調查委員會成員的身分，破例被允許進入島上。他表示感覺近似二〇〇〇年三月十七日發生在烏干達、造成九百二十四人死亡的「復興十誡運動」。宗教團體「復興十誡運動」主張末世論及聖母顯靈，舉辦了一場集體自殺盛宴。然而現場不只是自殺，也找到了許多他殺屍體。因此一般認為，集團當中即使有人不願自殺，應該也是以多數人的意見為優先。富米野島上也是，找到了遭獵槍射殺，或以刀刃刺殺的遺體。

日本政府對於行政支援不夠完善表達遺憾，將其視為發生在極限聚落的悲痛事件，表明將全力追查真相。然而也有許多人認為原因終將石沉大海。「復興十誡運動」也是，烏干達政府最後表示無法查出真相，放棄調查。

由於慘案情節異常，引發國際關注，然而鄰近島嶼的居民對此事卻是冷眼看待。

距離富米野島約十七公里遠的志和島居民接受本報採訪，表示：「富米野島啊，那裡都是些沒救的黑道流氓走投無路，最後流落的地方。可是逃亡犯或通緝犯不會去那裡。因為那裡非常封閉，外人沒辦法融入。」

昭和四〇年代，富米野島曾有多達六百多名的島民在那裡生活，與志和島之間也有定期船班。但因為交通不便，人口漸減，連駐在所都關閉以後，有愈來愈多的單身人士移居島上。據說是在其他島惹出事來，無依無靠的人，選擇了富米野島做為棄絕人世、過著自給自足最基本生活的舞台。

不過那些人幾乎都是些凶暴的漁民，因此島上毫無倫理觀念可言。鬥雞賭博是唯一的娛樂，並且公然私釀蒸餾酒，島上到處都是沒辦理持有證更新手續的獵槍。後來警方也找到了美軍基地流出的手槍和子彈。島民以超過車檢期限的小卡車做為交通工具，據說也完全不遵守沖繩縣漁業調整規則，濫捕漁獲。

其中最為不堪的流言，應屬平成十八年沖繩縣議會上的告發內容：冨米野島民是各地黑道的人口買賣顧客。強制離家出走的少女賣春，或以此為需求的人口販賣行為，在平成十五年的時候，全國多達一千七百一十八件。冨米野島這種無法地帶，成了黑道販賣青少女謀利的絕佳市場。

儘管各家電視新聞節目都避免直接點出，但冨米野島別名「輪姦島」。周邊島嶼都在流傳，島民成天就是買春度日。沖繩縣警接獲這個消息，曾經兩度針對島上徹底進行搜索，但只扣押了無執照的獵槍，以及超過車檢期限的小卡車等等。

可怕的流言究竟有幾分真實？島民已全數死亡，如今真相已經成謎。縣警公開的消息說，島上並未發現年輕女性的遺體。但也有人（志和島居民）表示「我聽說過島民會把過氣的妓女處理掉。至於處理掉是什麼意思，我不知道」，因此無法斷定一切都是空穴來風。

島上的網路環境很落後，寬頻不普及，據說也沒什麼人上網。推估案發時間的六月前後，未查到有人上網的記錄。雖然有電話線，但慘劇發生期間，也無人報警。有縣警相關人士表示，島民多半都有案底，心裡有鬼，「可能從一開始就沒想過要依靠警察吧」。

八十一人的生活不為人知地消失了。大部分房屋燒燬，同時案件曝光前，島上已被暴風雨侵襲多次，不可能驗出指紋等線索。也有人認為就和烏干達一樣，此案極有可能永遠成為懸案。往後該如何處理冨米野島，沖繩縣政府尚未決定，縣議會議員祕書表示「連籌措追查案件的調查經費都有困難」。

28

晴朗的午後，從多摩川景觀公園望出去的河面反射著鮮麗的陽光。河邊的公寓外牆隱隱倒映著搖曳的光波。

孩童嬉戲奔跑的河岸，草皮斜坡上坐著一名懸野高中的男生。膝上抱著畫板，但身邊沒有畫材，看起來不是在畫圖。

悄悄走近，站在背後俯視。夾在畫板上的是江崎瑛里華的肖像。以前看到的時候畫到一半，但現在已經完成了。連制服上的明暗落差，都像照片一樣美麗地重現。

紗奈喃喃：「你真的好會畫。」

植村和真嚇了一跳，回頭同時仰望。少年般老實的娃娃臉泛起驚訝的神色：「江崎同學！」

今天紗奈穿著芳西高中的制服。她在植村旁邊坐下來。「我想今天或許能見到你，過來看看，你果然在等我。」

對於自己的嗓音變得沙啞，她有所自覺。每次攻擊島民，她都會發出野獸般的咆哮。這是自然的反應。不知不覺間，喉嚨叫啞了，因此音質也和以前不同了。

植村茫然地看著紗奈，很快地露出微笑。「畫完成了，我想送給妳。」

五官完全不像自己。是人工改造過的臉。但是這張畫透出了昔日的紗奈的面容。植村應該已經發現江崎瑛里華的真實身分了。

「謝謝。」紗奈輕聲呢喃。「可是我希望你留著它。」

「……我可以再畫。」

紗奈覺得不一樣。這張畫畫出了植村在這處河岸提筆時的紗奈，以及她當時的心境。不只是紗奈而已，植村的心也在這副畫裡。緻密的筆觸，反映出植村希望瑛里華是紗奈的心願。植村已經悟出真相了。他再也無法畫出同樣的一幅畫。

紗奈拿出手機，點選相機功能，拍下那張畫。「我會把我的回憶好好帶回去。」

「……妳可以辨門號？」

「什麼意思？」

「因為妳……」

「是鬼嗎？」

「不，呃，」植村支吾其詞。「我不是這個意思……」

紗奈輕輕握住植村放在地上的手。「你以為我是鬼嗎？」

植村目光游移。雖然有些遲疑，但仍輕輕回握上來，默默搖頭。

紗奈以為植村看透了一切，但似乎並不是。果然還是半信半疑吧。他似乎無法排除超常現象或是鬼魂的可能性。和陽葵一樣。紗奈覺得這樣的朋友總有些可愛。如果紗奈還是平凡的高一女生，或許可以坦然感到共鳴。

幽靈過起日子沒有任何困難，也已經辦了手機門號。因為那座島上有一堆居民的身分證。她把那些人當成保證人租了住處，也辦了銀行帳號，靠YouTube的影片賺錢。高中學業也靠自學繼續著。

但有時還是會想要與人交流。所以她會像這樣從冥界下來凡間，和植村這種善良的男生坐在一起，靜靜地看著多摩川。死前她確實擁有過這樣的時光。現在她非常清楚，女高中生的自由是多麼地寶貴。

「有坂同學。」植村直盯著她看。「妳是有坂同學對吧？」

紗奈默默地回視植村。苦澀的喜悅，交織著總有些空虛的感受。紗奈克制住幾乎要滲出眼眶的淚水，露出微笑：「謝謝你看出來了，我好開心。」

她希望是植村主動叫她的本名，而不是自己說出來。她發自心底如此祈禱。紗奈慢慢地站了起來。

植村慌張地起身：「等一下，中澤同學也拜託我，說要是我見到妳，請妳連絡她。」

紗奈知道。影片的留言欄裡，每天都有像是陽葵那些朋友的留言。

紗奈沉默著，植村的表情漸漸變了。是一種感慨萬千、悟出什麼的複雜表情。

紗奈一清二楚地理解他的心境。

已經沒辦法再身為普通的高中生了。兩人的距離不會拉近。即使是植村，就算現在追上紗奈，也不可能再像過去那樣相處。

不知不覺間，盛夏過去了。空氣宛如蔚藍的冰，溫柔地撫過臉頰。吹過河岸的涼風在覆蓋斜坡的綠地拂出濃淡不一的漣漪。

電車靜靜地通過鐵橋。聽得到的聲音就只有這些。紗奈轉身背對植村。沒聽到追上來的腳步聲。

但植村的聲音還是傳了過來：「有坂同學！請妳再讓我畫妳！」

紗奈回頭。站在河岸的植村眼神迫切地看著她。

心胸深處百轉千迴。紗奈點了點頭，植村露出鬆了口氣的微笑。

紗奈再次轉身，爬上堤防，走過河邊的小徑。沒有重量的透明的光，照耀著路邊萬紫千紅的花朵。兩個揹書包的小女孩歡欣地跑過旁邊。和一群笑著聊天的女高中生擦身而過。

暫時繼續當個幽靈吧。紗奈心想——為了不破壞這些幸福。

根據警察廳統計，已曝光的強制猥褻案件數自平成二十二年起、已曝光的強姦案件數自平成二十四年起，便逐年增加。

內閣府於平成二十三年實施的「男女間的暴力行為調查」中發現，有強制性交受害經驗的女性占了百分之七．七。其中「國中畢業至十九歲」的年齡層高達百分之二十．一。「國中生」為百分之五．二，「小學生以下」為百分之十三．四。

遭遇性暴力的全體女性當中，有高達百分之六十七．九「沒有（不敢）向任何人求助」。

解說——新武鬥派女主角的誕生

村上貴史（書評家）

■ＪＫ

無比銳利。

削去一切多餘，極盡精練。

這部《ＪＫ》就是這樣一部娛樂作品。

有邪惡，有打倒邪惡的人。

直線性、充滿速度感。

更有驚喜、重量與苦澀。

真的，很棒。

■高中生們——紗奈、笹館、瑛里華

神奈川縣川崎市懸野高中。

校園裡有個人人愛慕的一年級女生。

有坂紗奈。

她是舞蹈同好會的支柱，在管樂隊以長笛迷倒眾生。不管是在打工的照護機構還是便利超商，都人見人愛。同時她也足夠強悍，敢於挺身解救在校內被不良學生糾纏的同學。但另一方面，紗奈其實有個憂鬱症的母親。身兼多份打工，也是為了幫忙家計。但她完全沒有表現出辛苦的一面，過著高中生活。

然而同校的不良學生們攻擊了紗奈和她的父母。這群不良學生雖然是高中生，卻是山崎地區黑道的小弟，極盡凶殘。笹館麴率領的這夥人嘻嘻哈哈地殺害了紗奈的父親，並恐嚇要殺死母親，反覆凌辱紗奈。接著這群男高中生把母親也殺了，委託黑道收拾善後。他們請黑道處理掉紗奈父母的屍體，以及奄奄一息的紗奈，免得事跡敗露。接受委託的黑道找上專門處理屍體的業者，在逗子的山區把三人一起燒了……

故事開篇便震撼無比。作者毫不留情地把高一的紗奈往死裡摧殘。光是這樣就十足驚心動魄了，但做出這些殘虐行為的竟是與紗奈同齡的男高中生，教人絕望。坦白說，讀到這些場面，讓人深陷負面情緒，但同時也忍不住好奇：這個故事接下來將如何發展？

笹館這夥人雖然被警方懷疑涉嫌犯案，但沒有被警方和校方限制行動，繼續作惡。這時，一名少女出現在他們面前。是高一的江崎瑛里華。具備壓倒性戰鬥力的瑛里華登場，對笹館一夥人造成了重大影響。至於是什麼樣的影響，請讀者自行透過本書盡情享受，不過這裡可以透露的是，她的力量強勢著牽引著本書劇情。

還有另一點要在這裡提起的是，本書詳細地描寫了瑛里華獲得力量的經緯。對於不良少年的笹館一夥人，他們的過去也同樣被深入挖掘描寫。也就是說，不管是瑛里華還是不良少年，都並非為了故事需要，以預設的「擁有罕見戰鬥力的女主角」或「絕對邪惡的不良少年」身分登場，而是在故事中成長為這樣的人物造型（比方說，關於笹館一夥人，作者松岡圭祐向讀者提示他們的父母樣貌，並描寫讓他們走上歧途的川崎這塊土地的陷阱，傳達出他們走偏了路的經緯）。透過這些交代了背景的角色來推動故事，讓故事更具說服力與深度，甚至讓人逼真地感受到，若是走錯一步，自己也有可能走上「另一邊」的恐懼。作者實在是個高明的述事者。

本書以開頭的慘劇牢牢地吸引讀者的目光後，緊接著以一連串瑛里華的戰鬥場面瘋狂衝刺，但是到了尾聲，也不忘為讀者準備驚奇。透過這個驚奇，各種疑問都獲得了冰釋，實在是教人大呼暢快的讀書體驗。而且這一連串的解謎，也是以火熱的速度感來描寫。其中揭示的真相，雖然並不一定全是幸福的要素，但仍確實地傳達出積極的能量。這是莫大的救贖。

《JK》把檔速開到最大，完全沒有減速，經過解謎，來到意味深遠的最後場面（這裡就不再詳述了）。只要翻開第一頁就欲罷不能，不管是閱讀期間還是讀完後，都能得到極大的滿足感，是一部極品暴力娛樂之作。

■女主角群──美由紀、玲奈、結衣、瑛里華

至今為止，松岡圭祐創造了許多的女主角。

從《千里眼》（一九九九年）開始的「千里眼」系列女主角岬美由紀，她曾在航空自衛隊擔任戰鬥機駕駛員，並且身為臨床心理師，具備從對方的表情識破內心想

法的才華（因此才會被稱為「千里眼」）。以《惡德偵探制裁社》（二〇一四年）開始的同名系列，女主角則是擁有憂愁美貌的紗崎玲奈。她運用在偵探學校學到的能力，克服重重危機，解決事件。

在這些不讓鬚眉的女主角當中，我特別希望《JK》的讀者注意的就是優莉結衣。她是「高中事變」（高校事変）系列的女主角，以川崎市武藏小杉高中二年級生的身分，在《高中事變》（二〇一九年）中登場。結衣與本書的紗奈及瑛里華相差一年級，高中就讀的也是川崎的學校，自幼便身世坎坷。她的父親優莉匡太率領七個混混集團，在銀座的百貨公司釋放沙林毒氣，造成十八人死亡、七千人以上受害，最後被判死刑離世。匡太和許多女人縱情交往，生下許多孩子，結衣也是其中之一。她和其他手足一起，成長過程中在父親和混混底下被灌輸了各種執行凶惡犯罪的知識與技巧。因此雖然才高二，卻具備異樣的戰鬥能力，甚至能自由操作手槍。她活用自己的能力戰鬥，拿來對付劫持首相、據守在高中的武裝集團等等。

其實除了這類「武鬥派女主角」以外，松岡圭祐也創造出許多男女主角。比方說，在以沒有死人的推理小說而聞名的「萬能鑑定士Q」系列，以及「特等領隊α」（特等添乗員α）系列中，作者創造了符合作品世界觀的女主角，或是在「關島偵探」（グアムの探偵）系列裡，描寫了三個世代的男性主角。在這些男／女主角當中，瑛里華還是應該分類為武鬥派。

瑛里華身為武鬥派的特徵，就是以自己的肉體做為武器。基本上是赤手空拳。但她的指甲、手指、手腳，都成了強大無比的武器。外貌是纖細的女高中生，卻能使出強力的手刀、踢擊，或是以掐進咽喉的手指與指甲等一個個擊倒對手，那模樣教人直呼痛快。除了肉體這項物理武器之外，還加上了無比的機智。沒錯，這也是松岡圭祐的武鬥派女主角們一脈相承的才華。包括瑛里華在內，她們都能巧妙運用現場環境，讓攻擊力加乘。尤其是瑛里華，鍛鍊過的肉體搭配機智的臨機應變，真正魅力十足。雖然肉搏戰是淒慘事件的一部分，但戰鬥本身兼具了功能美與洗練，讓讀者欲罷不能，甚至感到暢快。熟悉松岡圭祐武鬥派女主角的讀者，這次必定也能滿足期待，敬請放心。

■ＪＫ再臨？

這部《ＪＫ》在同樣以女高中生為女主角、以川崎的高中為舞台描寫激烈戰鬥的

「高中事變」系列完結的時候問世了。在筆者撰寫本稿時，這部作品是否會成為系列作，尚在未定之天。已經讀完的讀者就知道，本書在結尾明確地畫下了句點。但《高中事變》也是如此，後來卻成了系列作的第一集（從《高中事變》的結尾，完全沒想到會發展成那樣的系列作，尤其是《高中事變Ⅲ》的發展！）。因此不能說一部完結的獨立作品，就不可能有續集。松岡圭祐就是這樣一位作家。

筆者會這麼想，是基於最後一幕結束後，在最後一頁揭示的數據資料。那是警察廳及內閣府公布的資料，上面的數字是多麼地殘酷、令人難以承受。但是要解決這些數字所反映的問題，第一步就是從正視這些數字開始。而本書的讀者已經直視了這些數字。讀完本書，也就是將這些數字以形同體驗的方式深深刻畫在心胸，而非只是視為單純的數字理解。根據書末的資料，這如此惡劣的狀況不僅沒有改善，甚至是日漸惡化。由於狀況如此，筆者認為作者有可能在《ＪＫ》的續集繼續提出問題。以娛樂作品的形式，讓讀者讀進去，切身感受到問題的嚴重性。

此外，本書書名的「ＪＫ」二字，並非「女高中生」的縮寫。它意味著什麼，在本書序幕便已點出。筆者也預測，假設作者繼續撰寫《ＪＫ》的續集，這「ＪＫ法則」一定會具備更深的意義！

國家圖書館出版品預行編目資料

JK / 松岡圭祐作；王華懋譯. -- 初版. -- 臺北市：臺灣角川股份有限公司, 2024.04-

面；　公分

譯自：JK

ISBN 978-626-378-797-1（平裝）

861.57　　113001935

輕文學 Light Literature

JK
原書名＊ＪＫ

作　　者＊松岡圭祐
譯　　者＊王華懋

2024年4月25日　初版第1刷發行

發 行 人＊台灣角川股份有限公司
總　　監＊呂慧君
總 編 輯＊蔡佩芬
編　　輯＊林芝伃
美術設計＊許景舜
印　　務＊李明修（主任）、張加恩（主任）、張凱棋

台灣角川

發 行 所＊台灣角川股份有限公司
地　　址＊104台北市中山區松江路223號3樓
電　　話＊（02）2515-3000
傳　　真＊（02）2515-0033
網　　址＊http://www.kadokawa.com.tw
劃撥帳戶＊台灣角川股份有限公司
劃撥帳號＊19487412
法律顧問＊有澤法律事務所
製　　版＊尚騰印刷事業有限公司
ＩＳＢＮ＊978-626-378-797-1